GWENDY ET LA BOÎTE À BOUTONS

*De Stephen King*
*au Livre de Poche :*

L'Année du loup-garou
Bazaar
Le Bazar des mauvais rêves
Blaze
Brume
Ça (2 tomes)
Carnets noirs
Carrie
Cellulaire
Chantier
Charlie
Christine
Cœurs perdus en Atlantide
Cujo
Danse macabre
Dead Zone
Désolation
Différentes saisons
Docteur Sleep
Dôme (2 tomes)
Dreamcatcher
Duma Key
Écriture
Le Fléau (2 tomes)
Histoire de Lisey
Insomnie
Jessie
Joyland
Juste avant le crépuscule
La Ligne verte
Marche ou crève
Minuit 2
Minuit 4
Misery
Mr Mercedes
Nuit noire, étoiles mortes
La Part des ténèbres
La Peau sur les os
La petite fille qui aimait Tom Gordon
Les Régulateurs
Rêves et cauchemars
Revival
Roadmaster
Rose Madder
Running Man
Sac d'os
Salem
Shining
Simetierre
La Tempête du siècle
Les Tommyknockers
Tout est fatal
22/11/63

STEPHEN KING & RICHARD CHIZMAR

# *Gwendy et la boîte à boutons*

TRADUIT DE L'ANGLAIS (ÉTATS-UNIS) PAR MICHEL PAGEL

LE LIVRE DE POCHE

*Titre original :*
GWENDY'S BUTTON BOX
Publié par Cemetery Dance Publications en 2017.


ISBN : 978-2-253-08357-3 – 1re publication LGF

CASTLE
ROCK
Welcomes You!
Pop:
Settled:
1777

# 1

Trois chemins permettent de gagner Castle View depuis la ville de Castle Rock : la Route 117, Pleasant Road, et les Marches des suicidés. Cet été, chaque jour – oui, même le dimanche –, Gwendy Peterson, douze ans, a choisi les marches maintenues par des barres de fer solides (quoique rouillées par les ans) qui font en zigzag l'ascension du flanc de falaise.

Aujourd'hui, comme à son habitude, elle monte les cent premières en marchant, les cent suivantes à petites foulées, et se force à franchir les cent cinq dernières au pas de course, s'escrimant tel un politicien décidé à se faire élire quoi qu'il en coûte – comme dirait son père. Au sommet, écarlate, des mèches imprégnées de transpiration plaquées sur les joues (ses cheveux échappent toujours à sa queue-de-cheval pendant le sprint final, aussi serré qu'elle puisse les attacher), elle se plie en deux et souffle comme un vieux cheval de trait. Il y a pourtant du mieux. Quand elle se redresse et baisse les yeux, elle voit les pointes de ses tennis. Ce n'était pas le cas en juin, le dernier jour de l'année scolaire – et son tout dernier à l'école primaire de Castle Rock.

Son tee-shirt trempé de sueur lui colle à la peau mais, l'un dans l'autre, elle se sent très bien, alors qu'en juin elle atteignait le sommet au bord de la crise cardiaque. Non loin de là s'élèvent les cris des enfants sur l'aire de jeux. D'un peu plus loin lui parvient le bruit sec d'une batte en aluminium frappant une balle de baseball – les ados de la *Senior League* qui s'entraînent pour le match de charité de la fête du Travail[1].

Gwendy est en train d'essuyer ses lunettes sur le mouchoir qu'elle garde à cet effet dans la poche de son short quand on s'adresse à elle : « Hé, fillette. Viens voir un peu par là. Il faut qu'on cause, toi et moi. »

Elle remet les lunettes, et le monde flou redevient net. Sur un banc à l'ombre, près de l'allée de graviers qui court des marches au parc de loisirs de Castle View, est assis un homme vêtu d'un jean noir et d'une veste de costume assortie sur une chemise blanche au col déboutonné. Un joli petit chapeau noir le coiffe. Plus tard, de ce chapeau, Gwendy fera des cauchemars.

Tous les jours depuis une semaine, elle a vu le même homme sur le même banc, occupé à lire le même livre (*L'Arc-en-ciel de la gravité*, épais et d'aspect très ardu), mais il n'avait encore rien dit. Gwendy le considère avec méfiance.

« Je ne suis pas censée parler aux inconnus.

— C'est un bon conseil. » Il paraît à peu près l'âge de son père, donc autour de trente-huit ans,

1. Célébrée aux États-Unis le premier lundi de septembre. *(N.d.T.)*

et il n'est pas vilain, mais sa veste de costume noir par une chaude matinée d'août fait de lui un tordu potentiel aux yeux de Gwendy. « C'est ta mère qui te l'a donné, hein ?

— Mon père », répond-elle.

Elle devra passer devant lui pour atteindre l'aire de jeux, et, si c'est vraiment un tordu, il essaiera peut-être de l'attraper, mais elle ne s'inquiète pas trop : on est en plein jour, le parc de loisirs est tout proche, très fréquenté, et elle a repris son souffle.

« En ce cas, dit l'homme à la veste noire, permets-moi de me présenter. Je m'appelle Richard Farris. Et toi ? »

Elle hésite puis se dit : *Quel mal y a-t-il à ça ?* « Gwendy Peterson.

— Eh bien voilà. On se connaît. »

Gwendy secoue la tête. « Savoir le nom, ce n'est pas connaître. »

L'inconnu renvoie la tête en arrière et éclate d'un rire charmant, issu d'une authentique bonne humeur. La jeune fille ne peut s'empêcher de sourire, mais garde néanmoins ses distances.

Il pointe vers elle une main en forme de pistolet : pan ! « Elle est impayable. *Tu* es impayable, Gwendy. Et, tant qu'on y est, qu'est-ce que c'est que ce nom ?

— Un mélange. Mon père voulait m'appeler Gwendolyne – le prénom de sa grand-mère – et ma mère Wendy, comme dans *Peter Pan*. Alors ils ont transigé. Vous êtes en vacances, Mr. Farris ? »

Cela paraît probable ; on est après tout dans le Maine, qui se proclame le Pays des Vacances. La mention figure même sur les plaques minéralogiques.

« On peut dire ça. Je voyage de-ci de-là. Dans le Michigan une semaine, en Floride la suivante, et puis un saut à Coney Island pour manger un hot dog et faire un tour de montagnes russes sur le Cyclone. Je suis ce qu'on appelle un nomade, et l'Amérique est mon territoire. Je tiens certaines personnes à l'œil, je prends de leurs nouvelles de temps en temps. »

*Tchac* fait la batte sur le terrain de baseball, au-delà de l'aire de jeux, et on entend des acclamations.

« Bon, ben, c'était sympa de parler avec vous, Mr. Farris, mais il faut vraiment que je…

— Reste un peu. Tu fais partie des gens que je tiens à l'œil ces derniers temps, vois-tu. »

Voilà qui devrait être inquiétant (et l'est un peu), mais son sourire perdure dans le sillage de son hilarité, ses yeux sont très vivants, et, s'il est en réalité Vladimir le Satyre, il le cache bien. Ce que les plus doués de ces gens-là doivent savoir faire, suppose la jeune fille. Entre donc dans mon boudoir, dit l'araignée à la mouche.

« J'ai une théorie à ton sujet, miss Gwendy Peterson. Formée, comme toutes les meilleures théories, à partir d'une observation attentive. Tu veux l'entendre ?

— Ouais, je crois bien.

— Je remarque que tu es un peu enveloppée. » Il doit la voir se crisper car il lève la main et secoue la tête comme pour dire : *Attends une seconde*. « Il se peut même que tu te croies grosse, parce que les filles et les femmes de notre beau pays ont des idées bizarres concernant leur physique. Les médias… tu sais ce que c'est, les médias ?

— Bien sûr. Les journaux, la télé, *Time* et *Newsweek*.

— Tout juste. Les médias, donc, déclarent : "Mesdames, mesdemoiselles, vous pouvez accomplir tout ce que vous voulez dans notre bon monde moderne où règne l'égalité, tant que vous voyez vos orteils quand vous êtes debout." »

*Il m'a vraiment observée*, songe Gwendy, *parce que je fais ça tous les jours quand j'arrive au sommet*. Elle rougit, elle ne peut s'en empêcher, mais ce n'est qu'une réaction superficielle. En dessous se trouve une question méfiante : « Et alors ? » C'est ce qui la pousse à grimper les marches. Ça et Frankie Stone.

« Ma théorie, c'est qu'on t'a taquinée sur ton poids ou ton physique en général, ou les deux, et que tu as décidé de prendre les choses en main. Je me trompe ? Je n'ai peut-être pas mis dans le mille, mais j'ai au moins touché la cible ? »

Peut-être parce que c'est un inconnu, elle s'avère capable de lui dire ce qu'elle n'a confié à aucun de ses parents. Ou bien ce sont ses yeux bleus, curieux et intéressés mais dépourvus de méchanceté – de méchanceté visible, en tout cas.

« Y a un mec, à l'école, Frankie Stone, qui s'est mis à m'appeler Bibendum. Vous savez, comme…

— Comme le bonhomme Michelin, oui, je connais Bibendum.

— Mm-mm. Frankie, c'est un connard. » Elle envisage de raconter comment il se pavane dans la cour de récréation en chantant *J'm'appelle Frankie Stony, et j'ai un gros zizi !*, mais décide de s'abstenir.

« Certains autres garçons se sont mis à m'appeler comme ça, et puis quelques filles aussi. Pas mes copines, les autres. C'était en 6e[1]. Le mois prochain, je commence le collège, et… ben…

— Tu as décidé que le surnom ne t'y suivrait pas, dit Mr. Richard Farris. Je vois. Tu vas aussi grandir, tu sais. » Il la détaille des pieds à la tête, mais pas d'une manière qui la met mal à l'aise. Plutôt en scientifique. « À mon avis, tu devrais t'arrêter vers un mètre soixante-quinze ou quatre-vingts. C'est grand, pour une fille.

— J'ai déjà commencé, dit Gwendy, mais je ne vais pas attendre.

— C'est bien ce que je pensais. Ne pas attendre, ne pas se lamenter comme une pisseuse, s'attaquer au problème de front. Admirable. Voilà pourquoi je voulais faire ta connaissance.

— C'était sympa de causer avec vous, Mr. Farris, mais il faut que je m'en aille, maintenant.

— Non. Il faut que tu restes ici. » Il ne sourit plus. Son expression est sévère et ses yeux bleus semblent avoir viré au gris. Le chapeau dépose une fine ligne d'ombre sur son front, comme un tatouage. « J'ai quelque chose pour toi. Un cadeau. Parce que tu es l'élue.

1. Aux États-Unis, certaines écoles primaires accueillent jusqu'à la classe équivalant à notre 6e. *(N.d.T.)*

— Je n'accepte rien d'inconnus », dit Gwendy.

À présent, elle a un peu peur. Peut-être plus qu'un peu.

« Savoir le nom, ce n'est pas connaître, je suis d'accord là-dessus, mais nous ne sommes pas des étrangers, toi et moi. Je te connais, et je sais que l'objet en ma possession est fait pour quelqu'un comme toi. Quelqu'un de jeune, avec les pieds sur terre. Je t'ai sentie, Gwendy, bien avant de te voir. Et te voilà. » Il se pousse au bout du banc, qu'il tapote de la main. « Viens t'asseoir près de moi. »

Gwendy s'avance, comme dans un rêve.

« Est-ce que vous… Mr. Farris, est-ce que vous voulez me faire du mal ? »

Il sourit. « T'attraper ? T'entraîner dans les buissons et, peut-être, te faire subir des assauts vicieux ? » Il désigne un point situé à douze mètres de là, dans l'allée. « Là-bas, il y a vingt ou trente gamins en tee-shirt du patronage de Castle Rock qui jouent sur les toboggans, les balançoires et les cages à poules, avec quatre animateurs pour les surveiller. Je ne m'en tirerais pas comme ça, hein ? Et puis les jeunes filles ne m'intéressent pas sexuellement. En général, elles ne m'intéressent même pas tout court, mais, comme je l'ai déjà dit – ou au moins laissé entendre –, tu es différente. Maintenant, assieds-toi. »

Elle obéit. La sueur qui gaine son corps a refroidi. Elle a l'impression que, malgré toutes ces belles paroles, Farris va à présent tenter de la violer, au diable les gamins de l'aire de jeux et les ados qui les surveillent ! Mais il ne le fait pas. Il passe les mains sous le banc et rapporte un sac de toile fermé à l'aide d'une cordelette. L'ayant ouvert, il en sort un magnifique coffret en acajou, le bois luisant d'un brun si vif qu'on aperçoit des éclats rouges au plus profond de son vernis. À peu près quarante centimètres de long, trente de large et quinze d'épaisseur. Dès qu'elle le voit, Gwendy désire le posséder, et pas seulement parce qu'il est superbe. Elle le veut parce que ce coffret est *à elle*. Comme un objet précieux, aimé, perdu il y a si longtemps qu'il était presque oublié, mais désormais retrouvé. Comme s'il lui avait appartenu dans une autre vie où elle était princesse, ou quelque chose comme ça.

« Qu'est-ce que c'est ? s'enquiert-elle d'une toute petite voix.

— Une boîte à boutons, dit-il. *Ta* boîte à boutons. Regarde. »

Quand il incline le coffret, elle voit des petits boutons sur le dessus, trois rangées de deux au milieu et un à chaque bout. Huit en tout. Les paires sont vert clair et vert foncé, jaune et orange, bleu et violet. Un des boutons isolés est rouge. L'autre noir. Il y a aussi une petite manette de chaque côté de la boîte, et ce qui ressemble à une fente au milieu.

« Les boutons sont très difficiles à pousser, reprend Farris. Il faut appuyer avec le pouce et y mettre de l'huile de coude. Ce qui est une bonne chose, crois-moi. On n'a pas intérêt à faire une bêtise avec ces trucs-là, oh non ! Surtout pas avec le noir. »

Gwendy a oublié d'avoir peur de l'homme. Elle est fascinée par le coffret et, quand il le lui tend, elle le prend. Elle pensait le trouver lourd – l'acajou est après tout un bois dense, et qui sait ce qui se trouve à l'intérieur ? – mais ce n'est pas le cas. La jeune fille pourrait le faire sauter à plat sur ses doigts joints. Quand elle effleure la surface vitreuse, légèrement convexe, des boutons, elle croit presque sentir les couleurs illuminer sa peau.

« Pourquoi ? Qu'est-ce qu'ils font ?

— On en parlera tout à l'heure. Pour l'instant, intéresse-toi aux petites manettes. Elles sont bien plus faciles à manœuvrer que les boutons à enfoncer ; ton petit doigt suffit. Quand tu tires celle de gauche – près du bouton rouge –, tu obtiens un chocolat en forme d'animal.

— Je ne…, commence Gwendy.

— Tu n'acceptes pas de bonbons des inconnus, je sais, dit Farris en roulant les yeux d'une manière qui la fait pouffer. Est-ce qu'on n'a pas dépassé ce stade, Gwendy ?

— C'est pas ce que j'allais dire. Ce que j'allais dire, c'est : je ne mange pas de chocolat. Pas cet été. Comment est-ce que je perdrai du poids si je mange des bonbons ? Quand je commence, je ne peux pas m'arrêter, c'est moi qui vous le dis. Et y a pas pire que le chocolat. Je suis chocoolique, si on peut dire.

— Ah, mais c'est la beauté des chocolats que délivre la boîte à boutons, dit Richard Farris. Ils sont petits, à peine plus gros que des nounours en gelée, et très sucrés… mais, après en avoir mangé un, tu n'en as pas envie d'un autre. Tu auras faim aux repas, mais tu ne reprendras d'aucun plat. Et tu n'auras pas non plus envie d'autres friandises.

Surtout tard le soir, quand elles te descendent tout droit dans le tour de taille. »

Gwendy qui, jusqu'à cet été, se faisait souvent un sandwich au beurre de cacahuète et à la guimauve une heure avant d'aller au lit, sait très bien de quoi il parle. Par ailleurs, elle est toujours affamée après avoir couru le matin.

« On dirait un produit de régime à la noix, dit-elle. Le genre qui gave et qui fait faire pipi tout le temps. Ma mamie a essayé ces trucs-là, ça l'a rendue malade au bout d'une semaine.

— Non. C'est juste du chocolat. Mais *pur*. Pas comme une barre du commerce. Essaie. »

Gwendy hésite – pas très longtemps cependant. Elle enroule l'auriculaire autour de la manette – trop petite pour être actionnée par un autre doigt – et tire. La fente s'ouvre. Une étroite tablette en bois sort du coffret. Dessus est posé un lapin en chocolat pas plus gros qu'un nounours en gelée, comme l'a dit Mr. Farris.

Elle s'en empare et le contemple, ébahie, émerveillée : « Wahou. Regardez le pelage. Les oreilles ! Et les mignons petits yeux.

— Eh oui, acquiesce-t-il. Magnifique, hein ? Maintenant, gobe-le ! Vite ! »

Gwendy obtempère sans réfléchir, et une douceur sucrée lui emplit la bouche. Il a raison : aucune barre chocolatée du commerce n'est aussi bonne. Elle ne se rappelle pas avoir jamais *rien* mangé d'aussi bon. Ce parfum formidable n'est pas seulement dans sa bouche ; il est dans toute sa tête.

Tandis que le bonbon fond sur sa langue, la tablette se rétracte et la fente se referme.

« C'est bon ? demande Farris.

— Mmm. » C'est tout ce qu'elle peut articuler. S'il s'agissait de bonbons ordinaires, elle ferait comme un rat dans une expérience scientifique, tirant sur ce levier jusqu'à ce qu'il se casse ou que le distributeur cesse de distribuer. Mais elle n'a pas envie d'un autre chocolat. Et elle ne croit pas non plus qu'elle s'arrêtera manger une glace au fond de l'aire de jeux. Elle n'a pas faim du tout. Elle est…

« Tu es satisfaite ? interroge Farris.

— Oui ! » C'est bien le mot. Elle n'a jamais été aussi satisfaite de quoi que ce soit, pas même de la bicyclette qu'elle a reçue pour son neuvième anniversaire.

« Bien. Demain, tu en auras sûrement envie d'un autre, et tu pourras le manger, parce que tu auras la boîte à boutons. Elle est à toi, du moins pour le moment.

— Combien est-ce qu'il y a d'animaux en chocolat dedans ? »

Plutôt que de répondre, il l'invite à tirer la manette située à l'autre bout du coffret d'acajou.

« Est-ce que ça donne des bonbons différents ?

— Essaie, tu verras. »

Elle enroule le petit doigt autour du levier et tire. Cette fois, la tablette émerge de la fente chargée d'une pièce de monnaie en argent si grande et brillante que la jeune fille doit plisser les yeux sous le soleil qu'elle reflète. Une fois débarrassée, la tablette se rétracte. La lourde pièce repose au creux de la main de Gwendy, ornée d'un profil de femme coiffée d'une espèce de tiare. En dessous, un demi-cercle d'étoiles est interrompu par la date : 1891. Au-dessus s'inscrivent les mots *E Pluribus Unum*.

« C'est un dollar en argent Morgan, déclare Farris d'une voix professorale. Presque dix grammes d'argent massif. Créé par M. George Morgan, qui n'avait que trente ans quand il a gravé le portrait d'Anna Willess Williams, une dame de Philadelphie, pour orner le côté face de sa pièce. Sur le côté pile, il y a l'Aigle américain.

— C'est magnifique », souffle-t-elle. Puis – très à contrecœur – elle lui tend la pièce.

Il croise les mains sur la poitrine et secoue la tête. « Ce n'est pas à moi, Gwendy, c'est à toi. Tout ce qui sort de cette boîte t'appartient – les bonbons et les pièces –, parce que la boîte elle-même t'appartient. La valeur numismatique de ce dollar Morgan est d'un peu moins de six cents dollars, au fait.

— Je… je ne peux pas le prendre », dit-elle. Sa voix paraît lointaine à ses propres oreilles. Elle a l'impression (comme les toutes premières fois qu'elle a monté les Marches des suicidés en courant) d'être sur le point de s'évanouir. « Je n'ai rien fait pour la gagner.

— Ça viendra. » De la poche de sa veste noire, il sort une montre à gousset démodée. Elle projette de nouvelles flèches de soleil dans les yeux de Gwendy, mais celles-là sont d'or et non d'argent. Ayant ouvert le couvercle, Farris consulte les aiguilles qu'il recouvrait, puis il remet le tout dans sa poche. « Je n'ai plus beaucoup de temps, alors regarde les boutons et écoute bien. D'accord ?

— O… Oui.

— Commence par ranger le dollar en argent dans ta poche. Il te distrait. »

La jeune fille obéit. Elle sent le disque lourd contre sa cuisse.

« Combien y a-t-il de continents dans le monde, Gwendy ? Tu le sais ?

— Sept », répond-elle. Elle a appris cela en CE2 ou en CM1.

« Exactement. Mais, puisqu'on peut considérer l'Antarctique comme désert, il n'est pas représenté ici… sauf bien sûr par le bouton noir, mais nous y viendrons. » Il tapote tour à tour les surfaces convexes des boutons disposés par paires. « Vert clair : Asie. Vert foncé : Afrique. Orange : Europe. Jaune : Océanie. Bleu : Amérique du Nord. Violet : Amérique du Sud. Tu me suis ? Tu t'en souviendras ?

— Oui. » Elle a répondu sans hésiter. Elle a toujours eu de la mémoire, et, même si c'est fou, il lui semble que le fabuleux bonbon qu'elle vient de manger l'aide à se concentrer. Elle ignore ce que tout cela signifie, mais sait-elle quelle couleur représente quel continent ? Absolument. « Et le rouge, c'est quoi ?

— Ce que tu veux, répond Farris, et tu finiras par le vouloir, le propriétaire de la boîte le veut toujours. C'est normal. Vouloir savoir et agir est le propre de l'espèce humaine. L'exploration, Gwendy ! À la fois la maladie et le remède ! »

*Je ne suis plus à Castle Rock*, se dit Gwendy. *Je suis entrée dans un de ces mondes dont j'aime lire les histoires. Oz, Narnia ou Hobbiteville. Ça ne peut pas être réel.*

« Rappelle-toi juste que le bouton rouge est le seul que tu pourras utiliser plus d'une fois.

— Et le noir ?

— C'est tout, dit Farris en se levant. Tout le bazar. Le grand manitou, comme dirait ton père. »

Elle le regarde avec de grands yeux. « Comment connaissez-vous mon pè... ?

— Désolé de t'interrompre, c'est très impoli, mais il faut que je m'en aille. Prends soin de la boîte. Elle accorde des dons, mais ce n'est qu'une faible récompense des responsabilités qu'elle impose. Et sois prudente. Si tes parents la trouvaient, ils te poseraient des questions.

— Oh là là, c'est rien de le dire ! » souffle Gwendy, avec un petit rire assourdi. Elle a l'impression d'avoir reçu un coup de poing à l'estomac. « Mr. Farris, pourquoi m'avoir donné ça ? Pourquoi à moi ?

— Il existe de grands arsenaux susceptibles de détruire toute vie sur cette planète pour un million d'années, dit-il en baissant les yeux sur elle. Les hommes et les femmes qui en ont la charge se posent chaque jour la même question. C'est toi, parce que tu es le meilleur choix parmi ceux qui se trouvent ici, maintenant. Prends soin de la boîte. Je te conseille de ne laisser *personne* la trouver, pas seulement tes parents, parce que les gens sont curieux.

Quand ils voient une manette, ils ont envie de la tirer. Quand ils voient un bouton, d'appuyer dessus.

— Mais qu'est-ce qui se passera s'ils le font ? Qu'est-ce qui se passera si j'appuie, moi ? »

Richard Farris sourit, secoue la tête et se dirige vers la falaise, au bord de laquelle une pancarte ordonne : SOYEZ PRUDENTS ! ***ACCÈS INTERDIT*** AUX ENFANTS DE MOINS DE 10 ANS NON ACCOMPAGNÉS PAR UN ADULTE ! Puis il se retourne.

« Dis donc, Gwendy ! Pourquoi est-ce qu'on les appelle les Marches des suicidés ?

— Parce qu'un monsieur a sauté d'en haut en 1934 ou quelque chose comme ça », répond-elle, la boîte à boutons sur les genoux. « Et puis une dame il y a quatre ou cinq ans. D'après mon père, le conseil municipal a parlé de les éliminer, mais tous ses membres sont républicains et les républicains ont horreur du changement. C'est ce que dit mon père, en tout cas. Un des conseillers a fait remarquer que les marches étaient une attraction touristique, ce qui est plus ou moins vrai, et qu'un suicide tous les trente-cinq ans n'était pas si terrible. Il a ajouté que, si ça devenait une mode, on voterait à nouveau. »

Mr. Farris sourit. « Ah ! Les petites villes ! Comment ne pas les aimer ?

— J'ai répondu à votre question, maintenant répondez à la mienne. Qu'est-ce qui se passera si j'appuie sur un des boutons ? Qu'est-ce qui se passera si j'appuie sur celui de l'Afrique, par exemple ? » Dès que son pouce se pose sur le bouton vert foncé, elle ressent l'impulsion – pas forte mais discernable – de l'enfoncer et de découvrir elle-même la réponse.

Le sourire de Farris s'élargit. Et il n'est pas très joli, de l'avis de Gwendy Peterson. « Pourquoi demander ce que tu sais déjà ? »

Avant qu'elle ne puisse ajouter un mot, il commence à descendre les marches. La jeune fille reste assise un moment puis court jusqu'au palier de métal rouillé pour regarder en bas. Quoique Farris n'ait pas eu le temps d'arriver au pied de la falaise, loin de là, il a disparu. Ou presque. À mi-hauteur, soit environ cent cinquante marches, repose son joli petit chapeau noir, abandonné ou emporté par le vent.

Gwendy retourne près du banc et glisse la boîte à boutons – *sa* boîte à boutons – dans le sac de toile à cordelette, puis elle descend les marches sans jamais lâcher la rampe. Arrivée près du chapeau rond, elle songe à le ramasser, mais le propulse au contraire dans le vide d'un coup de pied et le regarde tomber, virevolter jusqu'au fond, atterrir dans les hautes herbes. Quand elle reviendra, un peu plus tard dans la journée, il aura disparu.

Nous sommes le 22 août 1974.

## 2

Son père et sa mère travaillent tous les deux, si bien que, quand Gwendy regagne leur jolie petite maison de Carbine Street, elle l'a pour elle seule. Elle glisse la boîte à boutons sous son lit et l'y laisse dix bonnes minutes avant de réaliser que ça ne fait pas l'affaire. Elle range raisonnablement bien sa chambre, mais c'est sa mère qui passe l'aspirateur de temps en temps et change les draps du lit tous les samedis matin (une corvée qui reviendra à Gwendy dès ses treize ans – sacré cadeau d'anniversaire). Or sa mère ne doit pas trouver le coffret : les mères veulent toujours tout savoir.

Elle envisage le grenier, mais qu'arrivera-t-il si ses parents se décident enfin à le ranger et à organiser une brocante devant chez eux au lieu de se contenter d'en parler ? Cela vaut pour le débarras au-dessus du garage. Gwendy a une pensée aujourd'hui chargée d'implications adultes nouvelles, mais appelée à devenir une vérité lassante : les secrets constituent un problème, peut-être le plus grand de tous. Ils pèsent sur l'esprit et encombrent le monde.

Puis elle se rappelle le chêne de l'arrière-cour, avec le pneu-balançoire qu'elle n'utilise pratiquement plus – douze ans, c'est trop pour ces distractions de gamine. Les racines enchevêtrées de l'arbre dissimulent une cavité peu profonde où elle s'insinuait naguère, quand elle jouait à cache-cache avec ses copines. Elle est trop grande pour cela maintenant (*Tu devrais t'arrêter vers un mètre soixante-quinze ou quatre-vingts*, lui a dit Mr. Farris), mais c'est une cachette toute trouvée pour le coffret, que son sac gardera au sec s'il ne pleut pas trop – en cas de déluge, elle devra tout de même sortir le mettre à l'abri.

Elle l'y fourre, repart vers la maison, puis se rappelle le dollar en argent : retournant à l'arbre, elle le glisse dans le sac lui aussi.

Gwendy craint que ses parents, en arrivant à la maison, ne remarquent qu'il lui est arrivé une aventure étrange, qu'elle est différente, mais ce n'est pas le cas. Ils sont absorbés par leurs propres affaires, comme d'habitude – son père est employé au bureau de la compagnie d'assurances, sa mère secrétaire chez Ford Castle Rock –, et, bien sûr, ils boivent quelques verres. Ils boivent toujours quelques verres. Au dîner, Gwendy goûte à tous les plats – et vide son assiette –, mais refuse une tranche du gâteau au chocolat rapporté par son père de la pâtisserie de Castle Rock, voisine de son bureau.

« Oh, Seigneur, tu es malade ? » demande-t-il.

Gwendy sourit. « Probablement. »

Elle est sûre de rester éveillée très tard, obnubilée par sa rencontre avec Mr. Farris et par la boîte à boutons cachée sous le chêne de l'arrière-cour, mais ce n'est pas le cas. Elle songe *Vert clair pour l'Asie, vert foncé pour l'Afrique, jaune pour l'Océanie…*

et s'endort jusqu'au lendemain matin. Il est alors temps d'engloutir un grand bol de céréales aux fruits, puis de gravir à nouveau les Marches des suicidés au pas de charge.

Quand elle revient, les muscles palpitants, l'estomac dans les talons, elle va chercher le sac de toile sous l'arbre, en sort le coffret d'acajou, et, du petit doigt, tire la manette de gauche, près du bouton rouge (*Ce que tu veux*, a répondu Mr. Farris quand elle l'a interrogé sur celui-là). La fente s'ouvre et la tablette coulisse, chargée d'une tortue en chocolat petite mais parfaite, sa coquille une merveille de gravure. Gwendy fourre le bonbon dans sa bouche. La douceur sucrée s'épanouit, et sa faim disparaît. À l'heure du déjeuner, pourtant, elle mange tout le sandwich au saucisson de Bologne et au fromage que lui a laissé sa mère, plus de la salade verte à la vinaigrette, et boit un grand verre de lait. Elle jette un coup d'œil au reste de gâteau dans sa boîte en plastique et lui trouve bel aspect, mais c'est une appréciation purement intellectuelle. Elle éprouverait la même chose pour une belle double planche dans une BD de *Docteur Strange*, et elle n'aurait pas pour autant envie de la manger. Elle n'a pas non plus envie de manger du gâteau.

L'après-midi, elle va faire une balade à vélo avec sa copine Olive, dans la chambre de laquelle elles passent ensuite un long moment à écouter des disques et à parler de l'année scolaire à venir. La perspective d'aller au collège de Castle Rock les emplit de terreur et d'exaltation.

Revenue chez elle, avant que ses parents n'arrivent, Gwendy sort à nouveau la boîte à boutons de sa cachette et tire ce qu'elle appelle désormais la Manette à sous. Aucun résultat ; la fente ne s'ouvre même pas. Eh bien tant pis. Peut-être parce qu'elle est fille unique, sans concurrence aucune, Gwendy n'est pas cupide. Les petits chocolats, une fois épuisés, lui manqueront plus que les dollars en argent. Elle espère que cela n'arrivera pas avant un moment, mais lorsque ça arrivera, très bien. *C'est la vie*, comme aime à dire son père en français. Ou *C'est la merde*, selon les cas.

Avant de ranger la boîte, elle observe les boutons, et récite les continents qu'ils représentent. Ils l'attirent : elle aime sentir chacun l'emplir d'une couleur différente quand elle les touche tour à tour, mais elle reste à l'écart du noir. Celui-là lui fait peur. Bon… tous lui font un peu peur, mais le noir est pareil à un gros grain de beauté qui défigure et pourrait se révéler cancéreux.

Le samedi, les Peterson s'entassent dans leur break Subaru et rendent visite à la sœur de papa, à Yarmouth. Gwendy apprécie d'ordinaire ces visites, car les jumelles de tante Dottie et de tonton Jim ont presque le même âge qu'elle : elles s'amusent toujours beaucoup toutes les trois. Le samedi soir est en général dévolu au cinéma – cette fois un double programme au drive-in de Pride's Corner : *Le Canardeur* et *60 Secondes chrono*. Les filles, allongées par terre dans des sacs de couchage, discutent quand le film devient barbant.

Gwendy s'amuse aussi ce week-end-ci, mais ses pensées ne cessent de revenir à la boîte à boutons. Si quelqu'un la trouvait, la volait ? C'est improbable, elle le sait – un cambrioleur ne fouillerait que la maison, il n'irait pas fouiner sous les arbres –, mais l'idée ne cesse de la harceler. C'est un peu par possessivité : la boîte est *à elle*. Un peu aussi parce qu'elle veut manger d'autres chocolats. L'essentiel, cependant, ce sont les boutons. Un voleur les verrait et appuierait dessus pour savoir à quoi ils servent. Qu'arriverait-il alors ? Surtout s'il appuyait sur le noir ? Celui-là, elle commence déjà à l'appeler le Bouton du cancer.

Quand sa mère déclare qu'elle veut repartir tôt (pour assister à une réunion de l'association caritative *Ladies Aid*, dont elle est cette année la trésorière), Gwendy en est soulagée. Dès qu'ils arrivent, elle enfile un vieux jean et sort dans l'arrière-cour. Elle se balance un moment sur le pneu, puis feint de laisser tomber quelque chose et met un genou en terre, comme pour chercher. Ce qu'elle cherche des yeux, en fait, c'est le sac de toile. Il est bien à sa place… mais cela ne suffit pas. Furtivement, elle tend la main entre deux racines noueuses et en tâte le contenu. Deux de ses doigts se posent sur un des boutons – elle en sent la surface convexe –, et elle les retire vivement, comme si elle avait touché un brûleur de cuisinière chaud. Cependant la voilà rassurée. Du moins jusqu'à ce qu'une ombre tombe sur elle.

« Tu veux que je te pousse sur la balançoire, ma puce ? demande son père.

— Non, dit-elle en se levant et en s'époussetant les genoux. Je suis trop grande, maintenant. Je vais rentrer regarder la télé. »

Il la serre contre lui, lui remonte les lunettes sur le nez, puis lui passe des doigts caressants dans les cheveux, dénouant ses mèches emmêlées.

« Tu deviens vraiment grande, dit-il. Mais tu seras toujours ma petite fille. Hein, Gwennie ?

— Et comment, mon petit papa », assure-t-elle, avant de rentrer à la maison. Elle surveille la cour par la fenêtre au-dessus de l'évier (et elle n'a plus besoin, pour cela, de se hisser sur la pointe des pieds). Son père pousse une fois le pneu-balançoire. Va-t-il se mettre à genoux, curieux de ce qu'elle cherchait – ou de ce qu'elle regardait ? Quand il tourne les talons et se dirige au contraire vers le garage, Gwendy passe au salon, met la chaîne musicale *Soul Train* et danse au son d'un tube de Marvin Gaye.

# 3

Lorsqu'elle revient de sa course sur les Marches des suicidés, le lundi, la manette voisine du bouton rouge lui délivre un petit chat en chocolat. Elle essaie la seconde, sans vraiment attendre de résultat, mais la fente s'ouvre et la tablette sort : apparaît un autre dollar en argent de 1891, ses deux côtés dépourvus de toute marque ou griffure, le genre de pièce qu'elle en viendra à identifier comme « jamais mise en circulation ». Elle embue de son souffle l'effigie d'Anna Willess Williams, puis frotte sur son tee-shirt la dame de Philadelphie depuis beau temps disparue, afin de lui rendre son éclat. À présent, elle dispose de deux dollars en argent et, si Mr. Farris ne se trompe pas sur leur valeur, le produit de leur vente paierait presque un an de frais de scolarité à l'université du Maine. Par chance, elle n'entamera pas ses études supérieures avant des années, car comment une enfant de douze ans pourrait-elle vendre des pièces aussi précieuses ? Que de questions cela susciterait !

*Que de questions susciterait la boîte !*

Elle touche encore les boutons un à un, évitant le terrible noir mais s'attardant sur le rouge, le contournant du bout du doigt avec un très curieux mélange de détresse et de plaisir sensuel. Enfin, elle range le coffret d'acajou dans son sac, cache le tout, et pédale jusque chez Olive. Elles préparent des tartes aux fraises sous l'œil attentif de la maman de son amie, puis montent encore une fois écouter des disques. Quand la porte s'ouvre et qu'entre la mère d'Olive, ce n'est pas pour leur dire de baisser le volume, comme elles s'y attendent. Non, elle veut danser aussi. C'est amusant. Toutes les trois se trémoussent en riant comme des folles et, quand Gwendy rentre chez elle, elle mange de bon appétit.

Mais ne se ressert d'aucun plat.

# 4

Le collège de Castle Rock se révèle agréable. Gwendy y retrouve ses anciennes copines et s'en fait de nouvelles. Elle se rend compte que certains garçons la regardent, ce qui n'est pas un problème, car aucun n'est Frankie Stone ni ne l'appelle Bibendum. Grâce aux Marches des suicidés, ce surnom est mort et enterré. Pour son anniversaire, en octobre, elle reçoit un poster de Robby Benson, une petite télé pour sa chambre (quelle joie) et des leçons sur l'art et la manière de faire son lit (pas joyeux mais pas monstrueux non plus). Elle est admise dans l'équipe de football et dans celle de course à pied, dont elle devient vite une vedette.

Les chocolats continuent de sortir, jamais deux fois le même, avec des détails toujours époustouflants. Toutes les une ou deux semaines arrive aussi un dollar d'argent, invariablement daté de 1891. Les doigts de Gwendy s'attardent de plus en plus sur le bouton rouge et, parfois, la jeune fille s'entend chuchoter : « Ce que tu veux, ce que tu veux. »

Miss Chiles, sa prof d'histoire en cinquième, est jeune, jolie, et décidée à rendre ses cours aussi intéressants que possible. Ses efforts sont parfois vains mais de temps en temps couronnés d'un grand succès. Juste avant les vacances de Noël, elle annonce que le premier cours de la nouvelle année sera proclamé Jour de la curiosité. Chaque élève doit choisir un fait historique qui l'intrigue, et miss Chiles tentera de répondre à ses questions. Si elle en est incapable, elle les lancera en pâture à la classe pour discussion et spéculation.

« Mais pas de questions sur la vie sexuelle de nos présidents, hein ? » dit-elle, ce qui fait rugir de rire les garçons tandis que les filles poussent des gloussements hystériques.

Quand arrive le jour J, une vaste palette de sujets est abordée. Frankie Stone veut savoir si les Aztèques mangeaient vraiment des cœurs humains, Billy Day qui a sculpté les statues de l'île de Pâques, mais la plupart des questions lancées le Jour de la curiosité en janvier 1975 commencent par « et si ». Et si le Sud avait gagné la guerre de Sécession ? Et si George Washington était mort de faim ou de froid à Valley Forge ? Et si Hitler s'était noyé dans sa baignoire quand il était bébé ?

Quand arrive le tour de Gwendy, elle est prête, quoique un peu nerveuse. « Je ne sais pas si c'est vraiment dans le sujet, dit-elle, mais je crois que ça peut avoir au moins des… euh… pour l'histoire…

— Des implications historiques ? demande miss Chiles.

— Oui ! C'est ça !

— Parfait ! Pose.

— Si vous aviez un bouton, un bouton magique, et que, en le poussant, vous pouviez tuer quelqu'un ou peut-être juste le faire disparaître, ou bien détruire n'importe quel endroit de votre choix. Quelle personne feriez-vous disparaître, ou quel endroit détruiriez-vous ? »

Un silence respectueux s'abat tandis que la classe médite ce concept merveilleusement sanguinaire, mais miss Chiles fronce les sourcils. « En règle générale, dit-elle, tuer des gens ou les faire disparaître est une très mauvaise idée. Détruire n'importe quel endroit aussi.

— Et Hiroshima et Nagasaki ? demande Nancy Riordan. Vous pensez que c'était une mauvaise chose de les détruire ? »

Miss Chiles semble prise de court. « Non, pas exactement, dit-elle, mais pensez à tous les civils innocents qui sont morts quand on a bombardé ces villes. Les femmes et les enfants. Les bébés. Et les radiations ensuite ! Qui en ont tué encore plus.

— Je comprends, dit Joey Lawrence, mais mon papy s'est battu contre les japs pendant la guerre, il était à Guadalcanal et Tarawa, et il dit qu'un tas de ses copains sont morts. Que c'est un miracle si, lui, il a survécu. Il dit que lâcher ces bombes nous a évité d'envahir le Japon, parce qu'on aurait pu sinon perdre un million d'hommes. »

L'idée de tuer (ou de faire disparaître) quelqu'un s'est un peu perdue, mais ça ne dérange pas Gwendy. Elle écoute, fascinée.

« C'est une très bonne remarque, admet miss Chiles. Qu'en pensez-vous, les autres ? Détruiriez-vous un endroit si vous le pouviez, malgré les pertes civiles ? Si oui, lequel et pourquoi ? »

Le débat occupe tout le reste du cours. Hanoi, déclare Henry Dussault. Pour anéantir ce fichu Ho Chi Minh et en terminer une bonne fois pour toutes avec cette stupide guerre du Viêt-Nam. Nombre d'élèves approuvent. Ginny Brooks estime que ce serait super d'annihiler la Russie. Mindy Ellerton est pour éradiquer la Chine, car, selon son père, les Chinois déclencheraient volontiers une guerre nucléaire, vu qu'ils sont plus nombreux que tout le monde. Frankie Stone suggère de se débarrasser des ghettos américains où « les Noirs fabriquent de la drogue et tuent des flics ».

Après les cours, alors que Gwendy sort son Huffy du garage à vélos, miss Chiles vient la trouver, tout sourire. « Je tiens à te remercier pour ta question, dit-elle. Ça m'a un peu choquée au départ, mais, en définitive, ça a donné un des meilleurs cours de l'année. Je crois que tout le monde a participé sauf toi, ce qui est bizarre puisque c'était toi qui posais la question. Est-ce qu'il y a un endroit que tu détruirais si tu en avais le pouvoir ? Ou une personne que tu… euh… dont tu te débarrasserais ? »

Gwendy lui rend son sourire. « Je ne sais pas, dit-elle. C'est pour ça que j'ai posé la question.

— Heureusement que ce genre de bouton n'existe pas, dit miss Chiles.

— Oh, mais ça existe ! Nixon en a un. Brejnev aussi. Et d'autres encore. »

Ayant dispensé cette leçon, non d'histoire mais d'actualité, Gwendy s'éloigne sur une bicyclette qui sera très bientôt trop petite pour elle.

# 5

En juin 1975, Gwendy cesse de porter ses lunettes.

« Je sais qu'à ton âge, les filles commencent à penser aux garçons, lui reproche Mrs. Peterson. Je n'ai pas tout oublié de mes treize ans. Mais la légende selon laquelle ils ne draguent pas les filles à lunettes, c'est de la pure connerie – et ne répète pas à ton père que j'ai dit ce mot-là. La vérité, Gwennie, c'est que les garçons draguent tout ce qui porte une jupe, et tu es bien trop jeune pour ces affaires-là, de toute façon.

— Quel âge tu avais la première fois que tu es sortie avec un garçon, maman ?

— Seize ans », répond Mrs. Peterson sans hésiter. En fait, elle en avait onze quand elle a embrassé Georgie McClelland dans le grenier de la grange de ses parents. Oh, ç'a été une vraie tempête, ce baiser. « Et écoute-moi, Gwennie, tu es une très jolie fille, avec ou sans lunettes.

— C'est gentil, mais je vois vraiment mieux sans. Elles me font mal aux yeux, maintenant. »

Mrs. Peterson ne croit pas sa fille, donc elle l'emmène chez le Dr. Emerson, l'ophtalmologiste de Castle Rock. Il ne la croit pas non plus… jusqu'à ce que Gwendy lui confie ses lunettes et lise le tableau de haut en bas, jusqu'aux plus petites lettres.

« Je veux bien être pendu, dit-il. J'en avais entendu parler, mais c'est rarissime. Tu as dû manger beaucoup de carottes, Gwendy.

— C'est sans doute ça », répond-elle, souriante, tout en songeant : *Ce sont des chocolats que j'ai mangés, des animaux en chocolat magiques, et ils ne s'épuisent jamais*.

# 6

Gwendy craint sans cesse que la boîte à boutons ne soit découverte ou volée. Cette peur, comme un bruit de fond dans sa tête, ne régit cependant pas sa vie, loin de là. Peut-être est-ce d'ailleurs une des raisons pour lesquelles Mr. Farris la lui a donnée. Il a bien dit : *Tu es l'élue*.

Elle travaille bien à l'école, décroche un rôle important dans la pièce de fin d'année en quatrième (rôle dont elle n'oublie pas une seule réplique), et continue à courir. Rien ne vaut la course à pied ; quand l'ivresse du coureur la saisit, même le bruit de fond disparaît. Parfois elle en veut à Mr. Farris de lui avoir imposé cette responsabilité, mais la plupart du temps ce n'est pas le cas. Comme il l'a affirmé, le coffret accorde des dons. *Une faible récompense*, disait-il, mais qui ne paraît pas si insignifiante à Gwendy : sa mémoire s'est améliorée, elle n'a plus envie de dévorer tout le contenu du frigo, elle a 10 sur 10 aux deux yeux, et il y a encore autre chose. Sa mère la dit très jolie, mais sa copine Olive va plus loin.

« Merde, t'es canon », dit-elle un jour, et sans en avoir l'air ravie. De nouveau dans sa chambre, elles discutent cette fois des mystères du lycée, qu'elles perceront bientôt. « Plus de lunettes, et pas un seul bouton, putain. C'est pas juste. Tu vas être obligée d'écarter les mecs à coups de bâton. »

Gwendy chasse cette idée d'un éclat de rire, mais elle sait qu'Olive ne se trompe pas : elle est vraiment très jolie, et il n'est pas exclu qu'elle devienne un authentique canon d'ici quelques années. Peut-être une fois à l'université. Seulement, quand elle partira faire ses études, que fera-t-elle de la boîte à boutons ? Elle ne pourra pas simplement la laisser sous l'arbre de l'arrière-cour, hein ?

Henry Dussault l'invite au bal de bienvenue des troisième[1] lors de leur premier vendredi soir au lycée, il lui tient la main quand il la raccompagne et l'embrasse lorsqu'ils arrivent devant chez elle. Ce n'est pas déplaisant, de se faire embrasser, sauf que l'haleine de Henry est un peu fétide. Gwendy espère que le prochain garçon avec lequel elle joindra les lèvres sera un adepte des bains de bouche.

La nuit qui suit le bal, elle se réveille à deux heures du matin, les mains plaquées sur la bouche pour retenir un hurlement, encore en proie au cauchemar le plus réaliste qu'elle ait jamais fait. Dans ce rêve, elle voyait par la fenêtre au-dessus de l'évier Henry assis sur la balançoire (que son père a pourtant démontée l'année dernière), le coffret sur les

---

1. Le lycée comporte aux États-Unis quatre années d'études qui correspondent grosso-modo à nos classes de troisième, seconde, première et terminale. *(N.d.T.)*

genoux. Gwendy se ruait dehors en lui criant de n'appuyer sur aucun bouton, surtout pas le noir.

*Oh, tu veux dire celui-ci ?* demandait le garçon en souriant, avant d'abattre le pouce sur le Bouton du cancer.

Au-dessus d'eux, le ciel s'obscurcissait, le sol se mettait à gronder comme un être vivant. Gwendy savait que, dans le monde entier, des monuments célèbres s'abattaient, que le niveau des océans montait. D'ici quelques instants – *de brefs instants* –, la planète exploserait telle une pomme fourrée avec un pétard, et il n'y aurait plus entre Mars et Vénus qu'une deuxième ceinture d'astéroïdes.

« Un rêve, dit Gwendy en s'approchant de la fenêtre de sa chambre. Un rêve, un rêve, rien qu'un rêve. »

Oui, l'arbre est bien là, sans balançoire, et Henry Dussault n'est pas en vue. Toutefois, s'il disposait de la boîte et savait à quoi correspondent les boutons, que ferait-il ? Appuierait-il sur le rouge pour faire sauter Hanoi ? Ou bien dirait-il « Et puis merde », et enfoncerait-il le bouton vert clair ?

« Toute l'Asie serait détruite », chuchote-t-elle. Car, oui, c'est cela, le pouvoir des boutons. Elle le sait depuis le début, comme l'a dit Mr. Farris. Le violet détruit l'Amérique du Sud, l'orange l'Europe, le rouge ce qu'on veut, le lieu auquel on pense. Et le noir ?

Le noir détruit tout.

« C'est impossible, chuchote-t-elle en retournant au lit. C'est fou. »

Mais le monde est fou. Il n'y a qu'à regarder les informations pour s'en apercevoir.

Quand elle rentre de l'école le lendemain, Gwendy descend au sous-sol avec un marteau et un burin. Les murs sont en pierre. Elle parvient à desceller un moellon dans l'angle du fond, puis agrandit le trou à l'aide du burin, jusqu'à ce qu'il soit assez vaste pour accueillir la boîte à boutons. Tout en travaillant, elle ne cesse de consulter sa montre, sachant que son père rentrera à dix-sept heures, sa mère à dix-sept heures trente au plus tard.

Son œuvre achevée, elle court à l'arbre, s'empare du sac de toile qui contient le coffret et ses dollars en argent (les seconds sont à présent plus lourds que le premier, bien qu'ils en soient sortis), et elle rentre en courant. La cavité ménagée s'avère tout juste assez grande, et la pierre descellée se remet en place telle la dernière pièce d'un puzzle. Pour faire bonne mesure, Gwendy traîne un vieux bureau devant la cachette et se sent enfin apaisée. Henry ne trouvera pas la boîte, à présent. *Personne* ne la trouvera.

« Je devrais balancer cette saleté dans Castle Lake, murmure-t-elle en remontant l'escalier de la cave. En finir. »

Mais elle sait qu'elle ne pourrait pas faire une chose pareille. Le coffret d'acajou est à elle, au moins jusqu'à ce que Mr. Farris revienne le chercher. Parfois, elle espère qu'il le fera. Parfois qu'il ne le fera jamais.

Quand Mr. Peterson arrive à la maison, il considère sa fille avec une certaine inquiétude. « Tu es en nage, constate-t-il. Tu te sens bien ? »

Elle sourit. « J'ai couru, c'est tout. Ça va très bien. »

Et c'est en grande partie vrai.

# 7

L'été qui suit son année de troisième, Gwendy se sent *vraiment* très bien.

Pour commencer, elle a encore pris deux centimètres depuis la fin de l'année scolaire, et, alors qu'on n'est pas encore le 4 juillet, elle arbore un bronzage d'enfer. Contrairement à ses copines, elle n'a encore jamais été très bronzée. L'été précédent, elle a osé se mettre en maillot de bain en public pour la première fois de sa vie, mais, même alors, son choix s'est porté sur un modeste une-pièce. Un maillot de mamie, l'a taquinée Olive un après-midi à la piscine municipale.

Mais c'est le passé. On est dans le présent : pas de maillot de mamie cet été. Début juin, Mrs. Peterson et Gwendy vont visiter les boutiques du centre de Castle Rock et reviennent avec des tongs assorties et deux bikinis colorés : jaune vif, et rouge plus vif encore, à pois blancs. Le jaune devient vite le favori de la jeune fille. Elle ne l'admettra devant personne mais, quand elle se regarde dans le miroir en pied de sa chambre, toute seule, elle trouve qu'elle ressemble à l'actrice de la pub pour l'Ambre solaire. Cela ne manque jamais de lui faire plaisir.

Mais il n'y a pas que ses jambes bronzées et ses bikinis à pois. D'autres aspects de sa vie se sont aussi améliorés. Ses parents, par exemple. Elle ne serait jamais allée jusqu'à les dire alcooliques – pas tout à fait, et jamais devant quiconque – mais ils buvaient trop, et elle pense savoir pourquoi : à un moment, disons vers la fin de son année de CE2, ils ont cessé de s'aimer. Comme dans les films. Les martinis du soir et la section affaires du journal (pour Mr. Peterson) ou l'alcool de prune au citron et les romans sentimentaux (pour Mrs. Peterson) avaient peu à peu remplacé les promenades en famille après dîner et les puzzles sur la table de la salle à manger.

Durant ses années de primaire, Gwendy avait supporté cette détérioration familiale avec une muette inquiétude. Nul ne lui avait dit un mot de ce qui se produisait, et elle n'en avait pas non plus parlé à qui que ce soit, surtout pas aux principaux intéressés. Elle n'aurait pas seulement su comment entamer une telle conversation.

Peu après l'arrivée de la boîte à boutons, tout a commencé à changer.

Mr. Peterson est un soir rentré en avance du travail, avec un bouquet de marguerites (les fleurs préférées de Mrs. Peterson) et la nouvelle d'une promotion inattendue à la compagnie d'assurances. La famille a célébré ce coup de chance avec pizzas et sundaes, ainsi que – surprise – une longue promenade dans le quartier.

Ensuite, au début de l'hiver, Gwendy a constaté que ses parents ne buvaient plus. Pas moins : plus du tout. Un jour, après l'école, avant leur retour du travail, elle a fouillé la maison de fond en comble et n'y a pas trouvé une seule bouteille d'alcool. Même le vieux frigo du garage n'accueillait plus la bière favorite de Mr. Peterson, la Black Label. Elle y était remplacée par un pack de Coca.

Ce soir-là, tandis que son père allait chercher des spaghettis au restaurant Chez Gino, Gwendy a demandé à sa mère s'ils avaient vraiment cessé de boire. Mrs. Peterson a éclaté de rire. « Tu veux savoir si on s'est inscrits aux Alcooliques anonymes ou si on a prêté serment devant le père O'Malley ? La réponse est non.

— Ah… et qui a eu l'idée ? Papa ou toi ? »

Son regard s'est fait vague. « Je ne crois pas qu'on en ait seulement parlé. »

Gwendy n'a pas insisté. Un autre des dictons de son père lui semblait s'appliquer : *à cheval donné, on ne regarde pas la mâchoire*.

Tout juste une semaine plus tard est arrivée la cerise sur le gâteau de ce petit miracle : la jeune fille, qui sortait dans l'arrière-cour pour demander à son père de la conduire à la bibliothèque, a eu la surprise de trouver Mr. et Mrs. Peterson la main dans la main, en train de se sourire. Ils restaient là, debout dans leurs manteaux d'hiver, à souffler des nuages blancs et à se regarder dans les yeux tels des amants réunis dans *Des jours et des vies*. Gwendy, bouche bée, s'est arrêtée net pour contempler le tableau. Des larmes lui sont venues aux yeux. Elle ne se rappelait pas quand elle les avait vus se regarder ainsi pour la dernière fois. Peut-être n'était-ce jamais arrivé. Figée au bas du perron de la cuisine, ses protège-oreilles pendant au bout de sa main gantée, elle a songé à Mr. Farris et à son coffret magique.

*C'est la boîte à boutons qui est responsable. Je ne sais pas comment ni pourquoi, mais c'est elle. Ça ne touche pas que moi. C'est une espèce de… je ne sais pas…*

« Un parapluie », a-t-elle chuchoté, et c'était exactement cela. Un parapluie qui protégeait sa famille des intempéries et de l'excès de soleil. Tout allait bien, et, si aucune tempête ne se levait pour retourner ce parapluie, tout continuerait d'aller bien. Et pourquoi une tempête se lèverait-elle ? *Ça n'arrivera pas. Ça ne peut pas arriver. Pas tant que je m'occupe de la boîte. Je dois m'en occuper.* C'est *ma boîte à boutons, à présent.*

# 8

Un jeudi soir, début août, Gwendy porte une poubelle au bout de l'allée quand Frankie Stone se range sur le trottoir devant elle dans sa El Camino bleue. L'autoradio beugle les Rolling Stones et un effluve de marijuana dérive de la vitre ouverte. Le garçon baisse la musique. « Ça te dit, une balade, ma belle ? »

Frankie Stone a grandi mais ne s'est pas arrangé. Ses cheveux bruns sont gras, l'acné dessine comme une décharge de fusil de chasse sur son visage, et il s'est fait lui-même un tatouage AC/DC sur un bras. Il dégage en outre la pire odeur corporelle que Gwendy ait jamais sentie. On murmure qu'il a refilé du Rohypnol à une hippie pendant un concert et qu'il l'a ensuite violée. Ce n'est sans doute pas vrai, elle connaît les méchantes rumeurs que propagent les ados, mais il a sans conteste l'air du genre à balancer du Rohypnol dans le verre des filles.

« Je ne peux pas, répond Gwendy en regrettant de ne porter qu'un short en jean et un débardeur. J'ai des devoirs à faire.

— Des devoirs ? » Frankie fronce les sourcils. « Et puis quoi, encore ? Personne a des devoirs à faire en été !

— C'est… je prends des cours au collège communautaire. »

Il se penche par la fenêtre et, bien qu'il se trouve à trois bons mètres d'elle, Gwendy sent son haleine. « Tu ne me mentirais pas, hein, ma jolie ? » Il sourit.

« Je ne mens pas. Bonne nuit, Frankie. Il faut que je rentre me plonger dans mes livres. »

Elle tourne les talons et remonte l'allée, satisfaite de la manière dont elle a réglé la question. Toutefois, elle n'a fait que quatre ou cinq pas quand un objet dur la frappe à la nuque. Elle pousse un cri, non de douleur, mais de surprise, et se retourne. Une canette de bière tourne paresseusement à ses pieds, crachant de la mousse sur le bitume.

« T'es bien comme toutes ces salopes prétentieuses, lâche Frankie. Je croyais que t'étais différente, mais non. Tu te crois trop bonne pour tout le monde. »

Gwendy porte la main à sa nuque. Elle grimace quand ses doigts touchent la vilaine bosse qui se développe déjà. « Fiche le camp, Frankie. Avant que j'appelle mon père.

— Ton père, je l'emmerde. Et toi aussi, je t'emmerde. Je sais que t'étais rien d'autre qu'une grosse vache. » Il pointe sur elle une main en forme de pistolet, souriant. « Et ça va revenir. Les grosses filles font des grosses bonnes femmes, ça rate jamais. À plus, Bibendum. »

Puis il démarre, le majeur levé par la fenêtre, abandonnant de la gomme sur l'asphalte. Alors seulement Gwendy permet à ses larmes de couler tandis qu'elle rentre en courant dans la maison.

Cette nuit-là, elle revoit Frankie Stone en songe, mais, dans le rêve, elle ne reste pas plantée dans l'allée, sans défense, le cœur au bord des lèvres. Dans le rêve, elle se rue vers ce petit voyou et, avant qu'il ne réagisse, plonge la main par la vitre ouverte, l'empoigne par le bras gauche. Elle le lui tord jusqu'à entendre – et sentir – les os céder. Et, comme le garçon hurle, elle lui dit : *Comment ça va, ton zizi, Frankie Stony ? Plus si gros que ça, je parie. T'aurais jamais dû faire chier la Reine de la Boîte à boutons*.

Elle s'éveille au matin et se rappelle le rêve avec un sourire ensommeillé, mais, comme la plupart des aventures oniriques, celle-là s'évanouit avec le soleil levant. Elle n'y repense que quinze jours plus tard, lors d'un dimanche matin paresseux, tandis qu'elle prend le petit déjeuner en compagnie de son père. Mr. Peterson finit son café et pose son quotidien. « Ton copain Frankie Stone est dans le journal. »

Gwendy cesse de mâcher. « C'est *pas* mon copain. Je peux pas le saquer. Pourquoi est-ce qu'il est dans le journal ?

— Accident de voiture hier soir sur Hanson Road. Il était sûrement bourré, même si l'article ne le dit pas. Il a heurté un arbre. Il est bien amoché mais il s'en tirera.

— Amoché comment ?

— Des points de suture sur la tête et sur une épaule. Des coupures au visage. Un bras cassé.

Fracture multiple, d'après l'article. Ça va mettre un moment à guérir. Tu veux lire ? »

Il fait glisser le journal vers elle. Gwendy le repousse puis pose lentement sa fourchette. Elle sait qu'elle ne pourra plus rien avaler, tout comme elle sait sans avoir besoin de s'informer que le bras cassé de Frankie Stone est le gauche.

Cette nuit-là, au lit, pour s'efforcer de chasser les pensées troublées qui tourbillonnent en elle, Gwendy compte les jours de vacances d'été qui lui restent avant qu'elle ne doive retourner à l'école.

On est le 22 août 1977. Trois ans jour pour jour que Mr. Farris et la boîte à boutons sont entrés dans sa vie.

# 9

Une semaine avant d'entrer en seconde au lycée de Castle Rock, Gwendy monte les Marches des suicidés au pas de course pour la première fois depuis presque un an. Il fait doux, il y a un peu de vent, et elle atteint le sommet sans trop transpirer. Elle s'étire un instant puis baisse les yeux : elle voit la totalité de ces satanées tennis.

S'approchant de la rampe, elle se gorge de la vue. En de telles matinées, on souhaiterait que la mort n'existe pas. Gwendy balaie du regard Dark Score Lake puis se tourne vers l'aire de jeux déserte – sauf pour une jeune mère qui pousse un tout petit enfant sur la balançoire des bébés. Enfin, ses yeux se posent sur le banc où elle a rencontré Mr. Farris. Elle s'en approche et s'y assied.

De plus en plus souvent, ces derniers temps, une petite voix intérieure lui pose des questions dont elle n'a pas les réponses. *Pourquoi toi*, *Gwendy Peterson ? De tous les individus à la surface de cette planète ronde*, *pourquoi t'a-t-il choisie*, *toi ?*

Et il y a d'autres questions, plus effrayantes. *D'où sortait-il ? Pourquoi la tenait-il à l'œil ?* (Ses paroles mêmes !) *Qu'est-ce que c'est que cette boîte, nom d'un chien… et qu'est-ce qu'elle me fait ?*

Un long moment, elle reste assise sur le banc, à réfléchir et à regarder passer les nuages, puis elle se relève et descend les Marches des suicidés à petites foulées, avant de rentrer chez elle. Les questions demeurent : *À quel point sa vie dépend-elle d'elle-même, et à quel point de la boîte avec ses friandises et ses boutons ?*

# 10

L'année de seconde commence par un coup de tonnerre. Le tout premier mois, Gwendy est élue déléguée de classe, nommée capitaine de l'équipe de foot junior, et invitée au bal du *Homecoming*[1] par Harold Perkins, un séduisant élève de terminale appartenant à l'équipe de football américain (hélas ! ce rendez-vous ne se concrétisera jamais, car Gwendy largue le pauvre Harold après qu'il a tenté plusieurs fois de la peloter lors d'une projection au drive-in des *Survivants de la fin du monde*, leur première sortie ensemble). Elle a tout le temps pour jouer à touche-touche, comme aime à dire sa mère.

Pour son seizième anniversaire, en octobre, elle reçoit un poster des Eagles devant l'Hotel California (« *Tu peux arriver quand tu veux, mais tu ne peux pas repartir* »), une nouvelle chaîne stéréo avec lecteurs de cartouches et de cassettes, et la promesse de son père de lui apprendre à conduire puisqu'elle a l'âge légal.

---

1. Tradition de nombreux lycées, universités ou communautés religieuses américaines, qui célèbre leur propre existence à l'occasion d'une visite des anciens membres ou élèves. *(N.d.T.)*

Les chocolats continuent de sortir du coffret, jamais deux fois le même, toujours époustouflants de précision. La petite tranche de paradis qu'elle a dévorée ce matin même avant l'école était une girafe, et elle a sciemment évité de se laver les dents après, voulant savourer le goût remarquable le plus longtemps possible.

Gwendy est loin de tirer l'autre manette aussi souvent que naguère, pour la bonne raison qu'elle ne sait plus où cacher les pièces en argent. Pour l'instant, les chocolats lui suffisent.

Elle pense encore à Mr. Farris, quoique pas aussi souvent non plus. Lors des longues heures vides de la nuit, parfois, elle tente de se rappeler exactement sa tête et le son de sa voix. Elle est presque sûre de l'avoir aperçu dans la foule, à la fête foraine de Halloween, mais elle se trouvait alors tout en haut de la grande roue, et, à la fin du tour de manège, il avait disparu, avalé par les hordes pressées devant les attractions. Un autre jour, elle a visité une boutique numismatique de Portland avec un des dollars en argent. Sa valeur avait augmenté ; le vendeur lui a offert 750 $ de son Morgan 1891, disant n'en avoir jamais vu de plus beau. Gwendy a refusé, racontant (sur l'impulsion du moment) que la pièce était un cadeau de son grand-père et qu'elle voulait juste savoir combien elle valait. En ressortant, elle a vu sur le trottoir d'en face un homme coiffé d'un joli petit chapeau noir, en train de la regarder. Farris – si c'était bien lui – lui a lancé un sourire rapide avant de disparaître au coin de la rue.

La surveille-t-il ? Garde-t-il la trace de ses déplacements ? Est-ce possible ? Elle estime que oui.

Et elle pense toujours aux boutons, bien sûr, particulièrement le rouge. Elle se surprend parfois à le contempler dans une sorte d'état second, à le caresser du bout du doigt, assise en tailleur sur le sol froid de la cave, le coffret sur les genoux. Elle se demande ce qui se produirait si elle appuyait dessus sans avoir choisi précisément un endroit à faire sauter. Que se passerait-il alors ? Qui déciderait de ce qui serait détruit ? Dieu ? La boîte à boutons ?

Quelques semaines après sa visite chez le vendeur de monnaies, Gwendy décide qu'il est temps de tirer les choses au clair en ce qui concerne le bouton rouge.

Au lieu de passer son heure d'étude à la bibliothèque, elle gagne la classe d'histoire du monde de Mr. Anderson – alors déserte. Elle a une raison pour cela : les deux cartes déroulantes accrochées en haut du tableau noir.

Gwendy a envisagé plusieurs cibles possibles pour le bouton rouge. Elle déteste ce mot – *cible* – mais il est approprié, et elle n'en trouve pas de meilleur. Parmi ses choix initiaux : le dépotoir de Castle Rock, un tas de mauvais bois destiné à être réduit en pâte derrière la voie ferrée, et la vieille station-service abandonnée Phillips 66, où les jeunes viennent fumer de l'herbe.

Au bout du compte, elle décide de cibler un endroit situé non seulement hors de Castle Rock, mais aussi du pays. Autant ne pas prendre de risques.

Passée derrière le bureau de Mr. Anderson, elle étudie la carte, s'intéressant d'abord à l'Australie (plus d'un tiers du pays est désert, elle l'a appris depuis peu,) puis à l'Afrique (mais ces pauvres gens ont assez de problèmes), et se fixant enfin sur l'Amérique du Sud.

De ses cours d'histoire, Gwendy a retenu deux faits qui emportent sa décision : l'Amérique latine abrite trente-cinq des cinquante pays les moins développés du monde, et un nombre similaire des pays les moins peuplés.

À présent que le choix est fait, la jeune fille ne perd pas de temps. Elle griffonne les noms de trois petits pays dans son carnet à spirale, un au nord du continent, un au sud et un au milieu. Puis elle se hâte de gagner la bibliothèque pour effectuer d'autres recherches. Examinant des photos, elle dresse une liste des régions les plus désolées.

Un peu plus tard, cet après-midi-là, Gwendy s'assied devant le placard de sa chambre, le coffret d'acajou en équilibre sur les genoux.

Elle pose un doigt tremblant sur le bouton rouge.

Fermant les yeux, elle visualise une infime portion d'un pays lointain. Une végétation dense, enchevêtrée. Quelques arpents de forêt vierge inhabitée. Avec autant de détails que possible.

Gardant l'image en tête, elle appuie.

Aucun résultat. Le bouton ne s'enfonce pas.

Elle appuie une deuxième puis une troisième fois. Rien ne bouge sous son doigt. Ce qui concernait les boutons était une blague, semble-t-il. Et la naïve Gwendy Peterson y a cru.

Presque soulagée, elle s'apprête à ranger la boîte quand les paroles de Mr. Farris lui reviennent soudain en mémoire. *Les boutons sont très difficiles à pousser. Il faut appuyer avec le pouce, et y mettre de l'huile de coude. Ce qui est une bonne chose, crois-moi.*

Elle la repose sur ses genoux – et, cette fois, se sert de son pouce, exerce toute sa force. Il y a un *clic* à peine audible, et Gwendy sent le bouton s'enfoncer.

Elle le contemple un instant en songeant : *Des arbres et quelques animaux. Un petit tremblement de terre, peut-être un incendie. Sûrement rien de plus*. Puis elle va ranger la boîte à boutons dans sa cachette, derrière la pierre descellée. La chaleur lui est montée aux joues et elle a mal au ventre. Cela signifie-t-il que ça marche ?

# 11

Gwendy se réveille le lendemain matin avec la fièvre. Restée à la maison, elle passe presque toute la journée à dormir. Dans la soirée, régénérée, elle quitte sa chambre et trouve ses parents devant le journal télévisé, muets. Elle comprend à leur expression qu'il se passe quelque chose de grave. S'étant laissé tomber sur le canapé, près de sa mère, elle regarde avec horreur Charles Gibson les emmener au Guyana – un lointain pays dont elle a récemment appris les caractéristiques principales. Là, un gourou du nom de Jim Jones s'est suicidé après avoir ordonné à plus de neuf cents adeptes de l'imiter.

Des photos granuleuses apparaissent brièvement sur l'écran. Des rangées de cadavres allongés, avec une jungle épaisse à l'arrière-plan. Des couples enlacés. Des mères serrant des bébés contre leur poitrine inerte. Tant d'enfants. Tant de visages tordus par la souffrance. Et des nuages de mouches. D'après Charles Gibson, les nourrices ont versé le poison dans la gorge des petits avant de prendre leur propre dose.

Gwendy regagne sa chambre sans faire de commentaire et chausse ses tennis, enfile un sweat-shirt.

Elle envisage de courir jusqu'en haut des Marches des suicidés mais finit par y renoncer, craignant un peu l'impulsion de se jeter dans le vide. Au lieu de cela, elle décrit une boucle de cinq kilomètres dans le quartier, ses pieds battant un rythme saccadé sur le bitume froid, tandis que l'air frais de l'automne lui rougit les joues. *C'est moi qui ai fait ça*, se dit-elle en revoyant les mouches grouiller au-dessus des bébés morts. *Je ne voulais pas, mais je l'ai fait.*

abc
NEWS
JONESTOWN
GUYANA

# 12

« Tu avais les yeux braqués sur moi, déclare Olive, la voix calme mais le regard brûlant. Je ne sais pas comment tu peux dire que tu ne m'as pas vue.

— Je ne t'ai pas vue, je le jure. »

Assises dans la chambre de Gwendy, après le lycée, elles écoutent le nouveau Billy Joel au lieu de préparer l'examen de lettres de fin de semestre. De toute évidence à présent, Olive est venue chargée de ce qu'elle aime appeler des SOUCIS. Elle a souvent des SOUCIS, ces temps-ci.

« J'ai du mal à te croire. »

Gwendy écarquille les yeux. « Tu me traites de menteuse ? Pourquoi est-ce que je passerais devant toi sans te dire bonjour, merde ? »

Olive hausse les épaules, les lèvres pincées. « Tu ne voulais peut-être pas que tes super copains sachent que tu traînes avec d'autres humbles élèves de seconde.

— C'est idiot. Tu es ma meilleure amie. Tout le monde le sait. »

Olive lâche un rire qui évoque un aboiement. « Ta meilleure amie ? Tu sais depuis quand on n'a rien fait ensemble le week-end ? Je ne parle même pas du vendredi et du samedi soir, avec tes rendez-vous, tes fêtes et tes feux de joie. Je parle du week-end complet, à n'importe quel moment.

— J'ai été très occupée », admet Gwendy en détournant les yeux. Sa compagne a raison, mais pourquoi est-elle donc aussi sensible ? « Je suis désolée.

— Et tu n'apprécies même pas la moitié de ces mecs. Si Bobby Crawford t'invite à sortir, tu ris bêtement, tu tortilles tes cheveux et tu réponds : "Ouais, pourquoi pas ?", alors que tu sais à peine son nom et que tu n'en as rien à faire de lui. »

Et soudain, Gwendy comprend. *Comment ai-je pu être aussi bête ?* se demande-t-elle. « Je ne savais pas que Bobby te plaisait. » Elle se traîne vivement sur la moquette et pose la main sur le genou d'Olive. « Je ne savais pas, juré. Je te demande pardon. » Pas de réponse. Il semble que le SOUCI demeure. « C'était il y a des mois. Bobby est très sympa, mais c'est la seule fois que je suis sortie avec lui. Si tu veux, je l'appelle et je lui parle de toi… »

Son amie repousse sa main et se met sur ses pieds. « J'ai pas besoin de ta charité. » Elle se penche pour ramasser ses livres et ses classeurs.

« Ce n'est pas de la charité. Je me disais juste…

— C'est ton problème, ça, la coupe Olive en s'écartant à nouveau. Tu ne penses qu'à toi. Tu es égoïste. » Puis elle sort de la chambre à grands pas et claque la porte derrière elle.

Gwendy demeure sur place, incrédule, tout le corps tremblant de la blessure qu'elle vient de recevoir. La douleur, alors, s'épanouit sous forme de colère. « Va te faire voir ! hurle-t-elle à la porte close. Si tu veux régler un souci, commence donc par ta jalousie ! »

Elle se jette sur le lit, les joues inondées de larmes, tandis que résonnent en elle les mots qui font mal : *Tu ne penses qu'à toi. Tu es égoïste.*

« Ce n'est pas vrai, chuchote Gwendy à la chambre vide. Je pense aux autres. J'essaie d'être quelqu'un de bien. J'ai commis une erreur avec le Guyana, mais j'étais… je suis tombée dans un piège, et ce n'est pas moi qui ai empoisonné tous ces gens. *Ce n'est pas moi.* » Sauf que, d'une certaine manière, c'est elle.

À force de pleurer, elle finit par s'endormir et rêve de nounous apportant à de très jeunes enfants des seringues emplies de mort délayée dans du soda.

# 13

Le lendemain, au lycée, elle essaie de recoller les morceaux, mais Olive refuse de lui parler. Le jour suivant, un vendredi, la situation reste identique. Juste avant la dernière sonnerie, Gwendy glisse un mot d'excuse dans le casier de son amie et espère que tout ira bien.

Le samedi, en début de soirée, elle et son copain du moment, Walter Dean, un élève de première, s'arrêtent à la salle de jeux avant d'aller au cinéma. Durant le trajet en voiture, Walter sort une bouteille de vin piquée dans la réserve de sa mère, et, quoique Gwendy refuse en général ces propositions-là, ce soir elle boit. Elle est triste, déroutée, et espère que l'ivresse lui fera du bien.

Ce n'est pas le cas. Elle n'obtient qu'un léger mal de tête.

Quand ils entrent dans la salle, alors qu'elle salue de la tête plusieurs camarades de classe, elle est surprise de voir Olive faire la queue au bar. Pleine d'espoir, elle lui adresse un signe de la main timide, mais on continue de l'ignorer. L'instant d'après, son amie passe devant elle, un grand soda à la main et le nez en l'air, riant au milieu d'une bande de filles en qui Gwendy reconnaît des élèves d'un lycée voisin.

« Qu'est-ce qu'elle a ? demande Walter, avant de glisser une pièce dans un *Space Invaders*.

— C'est une longue histoire. » Gwendy suit Olive du regard et sent sa colère revenir. Son visage s'empourpre sous l'effet de l'irritation. *Elle sait ce que j'ai vécu. Hé, Bibendum, c'est où, le match de foot ? Hé, Bibendum, t'as une belle vue de là-haut ? Elle devrait être heureuse pour moi. Elle devrait…*

À cinq ou six mètres de là, Olive lâche un cri quand on la bouscule, projetant une cascade de soda glacé sur son visage et son pull tout neuf. Des doigts la désignent, des rires fusent. Elle regarde autour d'elle, gênée, et ses yeux finissent par se poser sur Gwendy. Faisant volte-face, elle s'engouffre d'un pas rapide dans les toilettes.

Gwendy, qui se rappelle son rêve de Frankie Stone, a soudain envie de rentrer chez elle, de fermer la porte de sa chambre et de se réfugier sous les couvertures.

## 14

La veille du jour où elle doit accompagner Walter Dean au bal de fin d'année des première, Gwendy se lève tard et découvre au saut du lit que la cave a été inondée pendant la nuit, par un orage de printemps particulièrement violent.

« C'est plus humide qu'un pet à la cuisine mexicaine, en bas, et ça pue tout autant, lui apprend Mr. Peterson. Tu es sûre que tu veux descendre ? »

Gwendy hoche la tête, tentant de dissimuler son affolement croissant. « Il faut que je mette à l'abri des vieux bouquins et des fringues que j'avais laissées pour la machine. »

Mr. Peterson hausse les épaules et se retourne vers le petit téléviseur posé sur le plan de travail de la cuisine. « N'oublie pas d'enlever tes chaussures avant. Et puis… Hé, tu devrais peut-être prendre une bouée. »

Gwendy se hâte de descendre avant qu'il ne change d'avis, et se retrouve à patauger dans une eau sale qui lui arrive jusqu'aux chevilles. En début de matinée, Mr. Peterson a dégagé de la vase la pompe d'assèchement qu'on entend tourner au fond de la cave. Elle n'est pas près de s'arrêter : à l'humidité qui marque les murs de pierre, on voit que le niveau n'a encore baissé que de cinq centimètres au plus.

La jeune fille patauge jusqu'au fond de la cave, où est caché le coffret à boutons, et elle pousse le vieux bureau. Un genou en terre, elle plonge dans l'eau boueuse des mains qui disparaissent à sa vue, et elle libère la pierre.

Ses doigts rencontrent de la toile. Tirant de sa cachette le sac détrempé, elle le met de côté puis ramasse la pierre descellée et la replace dans le mur, afin que son père ne la remarque pas une fois l'eau évacuée.

Quand Gwendy tend la main pour récupérer le sac de toile qui contient le coffret et les pièces, il n'est plus là.

Elle agite les mains sous l'eau, tentant désespérément de le localiser, mais il reste introuvable. Un brusque vertige la saisit, tandis que des points noirs nagent devant ses yeux. Réalisant qu'elle a oublié de respirer, elle ouvre la bouche et avale une grande goulée de l'air nauséabond du sous-sol. Sa vue et ses idées s'éclaircissent aussitôt.

Gwendy prend une autre inspiration pour se calmer, puis elle plonge à nouveau les mains dans l'eau sale, cette fois de l'autre côté. Tout de suite, le sac se glisse sous ses doigts. Elle se remet sur ses pieds et, tel un haltérophile attaquant un épaulé-jeté, soulève la lourde besace, avant de patauger jusqu'aux étagères qui jouxtent la machine à laver et le sèche-linge. S'emparant de deux serviettes sèches sur celle du haut, elle fait de son mieux pour envelopper son bien.

« Ça va, en bas ? » braille son père. Elle entend des pas au plafond. « Besoin d'aide ? Un tuba et des palmes, peut-être ?

— Non, non, répond Gwendy en se hâtant de dissimuler le sac. Son cœur frappe comme un marteau-pilon dans sa poitrine. J'en ai pour deux minutes.

— Si tu le dis. » Elle entend à nouveau les pas étouffés de son père – mais qui s'éloignent, Dieu merci.

Le sac entre les bras, elle traverse la cave inondée aussi vite que veulent bien la porter ses jambes fatiguées, gémissant sous le poids du coffret et des pièces d'argent.

Une fois en sécurité dans sa chambre, elle verrouille la porte et déballe son trésor. La boîte à boutons paraît intacte, mais comment en être sûre ? Gwendy tire sur la manette de gauche et, après un moment où elle retient son souffle, convaincue que le mécanisme est brisé finalement, la tablette coulisse sans bruit, chargée d'un singe en chocolat de la taille d'un nounours en gelée. Elle le fourre vivement dans sa bouche, et le parfum extraordinaire l'emporte une fois de plus. Les yeux fermés, elle attend que le chocolat fonde sur sa langue.

Le sac, déchiré en plusieurs points, devra être remplacé, mais Gwendy ne s'en soucie pas. Elle balaie sa chambre du regard et s'arrête sur le bas du placard et les piles branlantes de ses boîtes à chaussures. Ce placard, ses parents n'y mettent plus jamais le nez.

Elle ouvre un grand carton, en retire une vieille paire de bottes qu'elle jette un peu plus loin, puis y dépose avec précaution le coffret ainsi que les pièces en argent. Une fois le couvercle remis en place, elle pousse le carton – désormais trop lourd pour être soulevé ; il se déchirerait certainement – tout au fond du placard. Ensuite, elle en empile d'autres devant et dessus.

Enfin, elle se redresse, recule d'un pas et observe son œuvre. Convaincue d'avoir fait du bon travail, elle ramasse le sac de toile trempé, gagne la cuisine et le jette aux ordures avant de se préparer des céréales pour le petit déjeuner.

Elle paresse à la maison jusqu'au soir, à regarder la télévision et feuilleter son livre d'histoire. Toutes les demi-heures environ – plus de douze fois en tout –, elle quitte le canapé, traverse le couloir et passe la tête dans sa chambre pour s'assurer que la boîte à boutons est toujours en sécurité.

Le lendemain, c'est le bal, et elle se rend compte qu'elle doit se contraindre à enfiler sa robe rose, se maquiller et quitter la maison.

*Est-ce que c'est ça, ma vie, maintenant ?* songe-t-elle en pénétrant dans le gymnase de Castle Rock. *Est-ce que cette boîte est devenue toute ma vie ?*

# 15

Foire aux timbres & monnaies
Vente ! * Achat ! * Échange !
Hall des vétérans de Castle Rock
Samedi 20 mai
9 h-14 h
BOISSONS FRAÎCHES !

Vendre les pièces d'argent réapparaît dans le champ du radar de Gwendy quand elle voit une affichette scotchée à la devanture de la cafétéria de Castle Rock. Ensuite, elle ne pense plus qu'à ça ou presque. Il y a eu sa visite chez le marchand de monnaies, oui, mais cela tenait plus de l'exploration. À présent, toutefois, la situation a changé. Gwendy veut s'inscrire dans une université prestigieuse après le lycée – or les places n'y sont pas gratuites. Elle demandera une bourse et, vu ses notes, elle est sûre d'en obtenir une. Mais assez importante ? Sans doute pas. *Sûrement* pas.

Ce qui ne souffre aucun doute, en revanche, c'est l'existence des dollars en argent Morgan de 1891 empilés dans une boîte à chaussures au fond de son placard. Plus de cent, au dernier compte.

Gwendy sait, pour avoir feuilleté de vieux numéros de *Pièces & Monnaies* au drugstore, que la valeur des Morgan n'est pas stationnaire : elle ne cesse d'augmenter. D'après le magazine, l'inflation et l'agitation globale stimulent le marché des pièces d'or et d'argent. Sa première idée est de vendre assez de dollars (peut-être à Portland, plus sûrement à Boston) pour payer son inscription à l'université, et trouver l'explication de sa soudaine richesse quand cela deviendra indispensable. Elle pourra peut-être dire qu'elle a trouvé les pièces. C'est difficile à croire mais il est difficile aussi de prouver le contraire. (Les plans les mieux conçus des personnes de seize ans sont rarement réfléchis.)

Le tract de la Foire aux timbres & monnaies donne une autre idée à Gwendy. Une meilleure idée.

Son plan consiste à prélever deux dollars en argent dans sa réserve, assez pour prendre la température de l'eau, et à pédaler jusqu'au Hall des vétérans dès la première heure ce week-end, afin de voir ce qu'elle peut en tirer. Si elle arrive à les vendre, et pour une somme conséquente, elle sera fixée.

# 16

La première chose que remarque Gwendy quand elle entre dans le Hall des vétérans, le samedi matin à dix heures et quart, c'est l'immensité des lieux. La salle n'avait pas l'air à moitié aussi vaste de l'extérieur. Les étalages y sont disposés en un grand rectangle fermé, à l'intérieur duquel se tiennent les marchands – surtout des hommes. Des clients, déjà trente ou quarante, contournent les tables, les yeux méfiants et les doigts nerveux. Il ne semble pas exister de plan défini – les vendeurs de monnaies d'un côté, ceux de timbres de l'autre –, et une bonne partie des commerçants proposent d'ailleurs les unes comme les autres. Un ou deux ont même étalé sur leur table des cartes de collection de sports ou de tabac[1]. Gwendy est époustouflée de voir une Mickey Mantle dédicacée vendue 2 900 $, mais, d'une certaine manière, cela la soulage : à côté, ses dollars en argent paraissent bien modestes.

1. Les cartes de collection représentant les vedettes du sport, notamment du baseball, sont très prisées aux États-Unis. Des cartes similaires se trouvaient naguère dans certains paquets de cigarettes. *(N.d.T.)*

Depuis l'entrée, elle balaie du regard ce monde nouveau, exotique et intimidant, et se sent très impressionnée. Ce doit être évident à qui la regarde car un marchand tout proche lui lance : « T'es perdue, mignonne ? Je peux faire quelque chose pour toi ? »

C'est un type grassouillet, entre trente et quarante ans, avec des lunettes et une casquette de baseball aux couleurs des Orioles de Baltimore. Il y a des miettes dans sa barbe et un éclat au fond de ses yeux.

Gwendy s'approche de sa table. « Je regarde, pour l'instant, merci.

— Pour vendre ou pour acheter ? » Le regard de l'homme tombe sur les jambes nues de la jeune fille et s'y attarde plus qu'il ne le devrait. Quand il relève la tête, c'est en souriant, et l'éclat de ses yeux n'a plus rien d'agréable.

« Je regarde, c'est tout », dit Gwendy en s'éloignant.

Elle voit à deux tables de là un homme en train d'examiner un timbre minuscule à l'aide d'une loupe et de brucelles, et elle l'entend dire : « Je peux aller jusqu'à soixante-dix dollars, et c'est déjà vingt de plus que ma limite. Ma femme me tuera si je… » Elle ne s'attarde pas pour savoir si l'affaire se conclut.

Au bout du rectangle, sur une table couverte exclusivement de pièces, elle repère un dollar en argent Morgan au milieu de la dernière rangée exposée, et considère cela comme un bon présage. L'homme posté derrière la table est chauve et âgé

– à quel point, elle ne le sait pas trop, mais au moins assez pour être son grand-père. Il lui sourit sans regarder ses jambes à la dérobée, ce qui est un bon début, et tapote le badge attaché à sa chemise. « Je m'appelle Jon Leonard, comme c'est marqué, mais mes amis m'appellent Lenny. Vous m'avez l'air amicale, alors puis-je faire quelque chose pour vous ? Vous avez un album de pennies Lincoln à compléter ? Ou alors vous cherchez un 5 cents « buffalo », ou les 25 cents de la série des États ? J'ai un très bel Utah, et il est rare.

— En fait j'ai quelque chose à vendre. Peut-être.

— Mm-mm, d'accord, faites-moi voir ça et je vous dirai si on peut faire affaire. »

Gwendy sort les pièces de sa poche – chacune dans sa petite enveloppe en plastique – et les lui tend. Lenny a les doigts épais et noueux, mais il tire les précieuses monnaies de leur emballage avec une aisance née de l'expérience, en les tenant par la tranche, sans toucher le côté pile ni le côté face. Gwendy remarque que ses yeux brillants s'écarquillent un peu. Il pousse un petit sifflement. « Je peux vous demander où vous les avez eues ? »

Elle répond la même chose qu'au marchand de monnaies de Portland. « Mon grand-père est décédé récemment, et il me les a laissées. »

Lenny paraît authentiquement peiné. « Je suis désolé de l'apprendre, petite.

— Merci, dit-elle. Je m'appelle Gwendy Peterson. »

Quand elle tend la main, il la lui serre avec fermeté. « Gwendy. Ça me plaît.

— À moi aussi, dit-elle en souriant. Heureusement, vu que je suis coincée avec. »

Lenny allume une petite lampe de bureau et examine les dollars en argent à la loupe. « Je n'en avais encore jamais vu un seul neuf, et voilà que vous en avez deux. » Ses yeux se posent de nouveau sur elle. « Quel âge avez-vous, miss Gwendy, si je puis me permettre de vous demander ça ?

— Seize ans. »

Il claque des doigts et tend l'index vers elle. « Vous voulez vous acheter une voiture, je parie. »

Elle secoue la tête. « Un jour, mais, là, j'aimerais vendre ces pièces pour payer mon inscription à l'université. Je veux aller dans une bonne école après le lycée. »

Lenny hoche la tête, approbateur. « C'est très bien. » Il étudie à nouveau les dollars à la loupe. « Bon, soyez franche avec moi, maintenant, miss Gwendy. Vos parents savent que vous les vendez ?

— Oui, monsieur. Ils sont d'accord, parce que c'est pour une bonne cause. »

Le regard du marchand se fait rusé. « Mais je remarque qu'ils ne vous accompagnent pas. »

Gwendy n'aurait peut-être pas été prête pour ça à quatorze ans, mais elle est désormais capable de renvoyer une balle difficile à un adulte. « Ils disent tous les deux qu'il va falloir que je me débrouille toute seule, et que c'est peut-être le moment de commencer. Et puis j'ai lu le magazine que vous avez là. » Elle tend le doigt. « *Pièces & Monnaies*.

— Mm-mm, mm-mm. » Lenny pose sa loupe et rend toute son attention à la jeune fille. « Eh bien, miss Gwendy Peterson, un dollar en argent Morgan de cette année-là, et en état quasi neuf se négocie entre sept cent vingt-cinq et huit cents dollars. Dans cet état-là… » Il secoue la tête. « Je n'en sais franchement rien. »

Gwendy n'a pas préparé cette partie-là – comment l'aurait-elle pu ? – mais ce vieux monsieur lui plaît vraiment, aussi se lance-t-elle. « Ma mère travaille chez un vendeur de voitures d'occasion, et ils ont un dicton à propos de certaines bagnoles : "À ce prix-là, ça partira." Donc… Pourriez-vous les payer huit cents dollars chacune ? Est-ce que ce serait un bon prix pour que ça parte ?

— Oh oui, m'dame, sans problème, répond Lenny sans hésiter. Mais… vous êtes sûre ? Une des plus grandes boutiques pourrait peut-être…

— Je suis sûre. Si vous me donnez huit cents dollars par pièce, on peut conclure. »

Le vieil homme pouffe et tend à nouveau la main. « En ce cas, miss Gwendy Peterson, nous concluons. » Ils topent là. « Je vais vous donner un reçu et vous payer.

— Euh… je suis sûre que vous êtes honnête, Lenny, mais je n'ai vraiment pas envie de prendre un chèque.

— Vu que je serai demain à Toronto ou à Washington, je ne peux pas vous en vouloir. » Il lui adresse un clin d'œil. « Par ailleurs, j'ai moi aussi un dicton : le liquide ne cafte pas. Ce que l'Oncle Sam ignore de nos affaires ne peut lui faire aucun mal. »

Il remet les pièces dans leurs enveloppes transparentes et les fait disparaître sous sa table. Une fois qu'il a compté seize billets de cent dollars tout neufs – Gwendy n'arrive pas encore à y croire –, il rédige un reçu, le détache de son bloc et le pose sur les billets. « J'ai marqué mon numéro de téléphone, au cas où vos parents auraient des questions. Vous habitez loin ?

— Deux kilomètres. Je suis venue à vélo. »

Il médite cette réponse. « C'est beaucoup d'argent pour une fille de votre âge, Gwendy. Je crois que vous devriez appeler vos parents pour qu'ils viennent vous chercher.

— Pas la peine, assure-t-elle en souriant. Je sais me débrouiller. »

Les sourcils du vieil homme se mettent à danser quand il éclate de rire. « Je n'en doute pas. »

Il fourre l'argent et le reçu dans une enveloppe, qu'il plie en deux et ferme hermétiquement à l'aide d'un bon mètre de scotch. « Tenez, calez ça bien au fond de votre poche de short », dit-il en la lui tendant.

Gwendy s'exécute puis tapote la bosse ainsi créée. « Disparu, y en a plus, ni vu ni connu.

— Vous me plaisez, ma petite, vraiment. Vous avez du style et du cran, c'est un mélange imbattable. » Lenny se tourne vers le marchand installé à sa gauche. « Tu veux bien surveiller ma table une minute, Hank ?

— Seulement si tu me rapportes un soda.

— Vendu. » Lenny s'extrait du rectangle des tables et escorte Gwendy jusqu'à la sortie. « Vous êtes sûre que ça va aller ?

— Certaine. Merci encore, Mr. Lenny, dit-elle, sentant le poids de l'argent dans sa poche. Je vous suis très reconnaissante.

— Tout le plaisir est pour moi, miss Gwendy. » Il lui ouvre la porte. « Et bonne chance à l'université. »

## 17

Gwendy plisse les yeux sous le soleil de mai en détachant sa bicyclette d'un arbre tout proche. Il ne lui est pas venu à l'idée ce matin que le Hall des vétérans n'aurait pas de garage à deux-roues – pourtant, combien d'anciens soldats voit-on traverser Castle Rock à vélo ?

Elle tapote sa poche pour s'assurer que l'enveloppe y est bien au chaud, puis elle enfourche sa monture et s'éloigne. À peine a-t-elle traversé la moitié du parking qu'elle repère Frankie Stone et Jimmy Sines essayant d'ouvrir les portières des voitures, regardant par les vitres. Aujourd'hui, quelqu'un aura la mauvaise surprise de trouver son véhicule pillé en sortant de la Foire aux timbres & monnaies.

Gwendy se met à pédaler plus vite, espérant s'éclipser sans se faire remarquer, mais elle n'aura pas cette chance.

« Hé, Beaux nichons ! » lance Frankie derrière elle, avant de la rattraper au pas de course et de lui barrer le chemin en agitant les bras et en criant : « Woo, woo, woo ! », comme pour arrêter un cheval.

Elle s'immobilise devant lui après un léger dérapage. « Fiche-moi la paix, Frankie. »

Il faut un moment au garçon pour reprendre son souffle. « Je veux te poser une question, c'est tout.

— Alors pose-la et sors-toi de mon chemin. »

Comme elle cherche des yeux une échappatoire, Jimmy Sines surgit de derrière une voiture garée et lui coupe toute retraite, les bras croisés. Il regarde Frankie : « Beaux nichons, t'as dit ? »

L'autre sourit de toutes ses dents. « C'est la nana dont je t'ai parlé. » Il s'approche de Gwendy et laisse courir un doigt le long de sa jambe. Elle le chasse d'une claque.

« Pose ta question et bouge.

— Allons, sois pas comme ça. Je me demande juste comment ça va, ton cul. Tu l'as toujours tellement pincé. Ça doit pas être facile pour chier. » Il lui touche à nouveau la jambe. Pas d'un doigt, cette fois, de toute la main.

« Ces garçons vous embêtent, miss Gwendy ? »

Tous les trois se retournent pour découvrir Lenny.

« Tire-toi, le vieux, ordonne Frankie en avançant d'un pas.

— Pas question. Ça va, Gwendy ?

— Maintenant, oui. » Elle démarre et commence à pédaler. « Il faut que j'y aille ou je serai en retard pour déjeuner. Merci ! »

Après l'avoir regardée partir, Frankie et Jimmy se retournent vers Lenny.

« On est deux contre un. Ça me plaît bien, papy ! »

Le vieil homme plonge la main dans sa poche de pantalon et la ressort armée d'un couteau à cran d'arrêt. Sur le manche d'argent sont gravés les seuls mots latins que les deux garçons comprennent : *Semper Fidelis*[1]. La main noueuse de Lenny exécute une manœuvre souple et, presto, une lame de quinze centimètres étincelle sous le soleil. « Comme ça, c'est deux contre deux. »

Frankie s'éloigne déjà, Jimmy sur les talons.

1. Toujours fidèle : devise du Corps des marines des États-Unis.

## 18

« Ah, évidemment, c'est encore Gwendy qui gagne », soupire Sallie en levant les yeux au ciel et en jetant ses cartes devant elle sur la moquette.

Elles sont quatre assises en cercle par terre, dans le salon des Peterson : Gwendy, Sallie Ackerman, Brigette Desjardin et Josie Wainwright. Les trois visiteuses, en terminale au lycée de Castle Rock, sont fréquemment invitées chez les Peterson cette année.

« Vous avez remarqué ? dit Josie en plissant le nez. Gwendy ne perd jamais. À rien ou presque. »

Sallie continue dans la même veine : « Les meilleures notes au bahut. La meilleure athlète du bahut. La plus jolie fille du bahut. Et, en plus, un vrai requin aux cartes.

— Oh, ça va », proteste Gwendy en rassemblant le jeu, puisque c'est à son tour de battre et de distribuer. « C'est pas vrai. »

Mais elle sait que ça l'est, et, quoique Josie ne fasse que la taquiner avec sa maladresse habituelle (qui d'autre aspirerait à devenir la chanteuse d'un groupe appelé les Minettes ?), elle sait aussi que

Sallie, elle, ne la taquine pas. Sallie commence à en avoir marre. Sallie est jalouse.

Gwendy a réalisé que cela devenait un problème quelques mois plus tôt. Elle est rapide, oui, c'est peut-être la coureuse la plus rapide de tous les lycées du comté. Voire de l'État. Sans blague ? Oui, sans blague. Et puis il y a ses notes. Elle en a toujours obtenu d'excellentes mais, plus jeune, elle devait pour cela travailler dur – et, même alors, il y avait en général sur ses bulletins scolaires une poignée de B pour accompagner ses A. À présent, elle ouvre à peine ses livres, et ses notes restent les meilleures de toute sa classe de première. Elle se force même à répondre de temps en temps une bêtise pour éviter d'obtenir un nouveau sans faute suspect. Ou bien à perdre volontairement aux cartes ou aux jeux d'arcade pour empêcher ses copines d'avoir des soupçons. Malgré ses efforts, cependant, elles savent qu'il y a quelque chose de bizarre.

En plus des boutons, en plus des dollars et des chocolats, la boîte lui donne… ma foi… *des pouvoirs*.

Sans blague ? Oui, sans blague.

Elle ne se fait plus jamais mal. Plus d'élongations en courant. Ni bosses ni bleus au football. Jamais de coupure ni de griffure par maladresse. Il ne lui arrive même pas de se cogner un orteil ni de se casser un ongle. Elle a oublié la dernière fois qu'elle a utilisé un pansement. Même ses règles sont une formalité : plus de crampes, quelques gouttes sur une serviette périodique, et le tour est joué. Ces temps-ci, le sang de Gwendy reste à sa place.

Ces prises de conscience sont pour elle à la fois fascinantes et terrifiantes. Elle sait que le coffret d'acajou est responsable d'une manière ou d'une autre – ou peut-être les chocolats, mais c'est bien sûr la même chose. Parfois, elle voudrait en parler à quelqu'un – et être encore amie avec Olive – peut-être la seule personne au monde susceptible de l'écouter et de la croire.

Elle pose le jeu de cartes et se met sur ses pieds. « Qui veut du pop-corn et de la citronnade ? »

Trois mains se lèvent. Gwendy disparaît dans la cuisine.

## 19

L'automne et l'hiver 1978 voient de grands changements dans la vie de Gwendy, la plupart positifs.

Elle obtient son permis de conduire fin septembre et, un mois plus tard, pour ses dix-sept ans, ses parents lui font la surprise de lui offrir une Ford Fiesta, une bonne occasion trouvée chez le vendeur qui emploie sa mère. La peinture est orange vif et l'autoradio fonctionne quand il veut, mais rien de tout cela n'importe à Gwendy. Elle adore cette voiture, dont elle décore le hayon étroit de grands autocollants : plusieurs marguerites et un NUCLÉAIRE NON MERCI rescapé des années 1960.

Elle décroche aussi son premier emploi (elle a déjà gagné de l'argent en faisant du baby-sitting et en ratissant des feuilles mortes sur les pelouses du quartier, mais ça ne compte pas), trois soirs par semaine au bar du drive-in. Qu'elle se révèle très douée pour ce travail et bénéficie d'une promotion au bout de trois mois n'étonnera personne.

Elle est aussi nommée capitaine de l'équipe de course à pied du lycée.

Gwendy s'interroge toujours au sujet de Mr. Farris, s'inquiète toujours de la boîte à boutons, mais pas avec la même nervosité qu'autrefois, loin de là. Elle continue aussi de verrouiller la porte de sa chambre, avant de sortir du placard le précieux coffret et de tirer sur la manette pour obtenir un chocolat, mais pas aussi souvent que naguère. Deux fois par semaine à tout casser.

En fait, elle s'est enfin détendue au point de se demander un après-midi : *Crois-tu que tu pourrais finir par l'oublier ?*

Puis elle tombe sur un article de journal relatant la libération accidentelle de spores d'anthrax dans une usine d'armement biologique soviétique, qui a fait des centaines de victimes, menacé tout le pays, et elle comprend qu'elle n'oubliera jamais la boîte, son bouton rouge et la responsabilité qu'elle a prise en charge. Laquelle au juste ? Gwendy n'a pas de certitude, mais elle suppose que cela consiste simplement à empêcher la réalité de… ma foi, d'échapper à tout contrôle. Cela paraît fou, mais aussi à peu près exact.

Vers la fin de son année de première, en mars 1979, la jeune fille voit un reportage télévisé sur l'accident nucléaire de Three Mile Island en Pennsylvanie. Elle en devient obsédée au point de chercher toutes les informations possibles sur le sujet, en grande partie pour déterminer le danger que courent les villages, villes et États voisins. Cette idée l'angoisse.

Si elle y est contrainte, elle appuiera à nouveau sur le bouton rouge et fera disparaître Three Mile Island, se dit-elle. Mais Jonestown pèse lourdement sur sa conscience. Ce connard de cinglé religieux aurait-il agi seul ou l'y a-t-elle poussé ? Les nounous auraient-elles de toute façon empoisonné les bébés, ou Gwendy Peterson leur a-t-elle fourni le grain de folie supplémentaire dont elles avaient besoin pour agir ainsi ? Et si la boîte à boutons était pareille à la patte de singe de l'histoire[1] ? Et si elle aggravait les problèmes au lieu de les résoudre ? Si c'était elle, Gwendy, qui les aggravait ?

*Pour Jonestown, je n'avais pas compris. À présent, c'est fait. Et n'est-ce pas exactement pour ça que Mr. Farris m'a confié la boîte ? Pour prendre la bonne décision au bon moment ?*

Quand la situation de Three Mile Island est enfin contenue et que des études ultérieures déclarent tout danger écarté, Gwendy en est comblée – et soulagée : elle a l'impression d'avoir esquivé une balle de revolver.

---

1. *The Monkey's Paw*, de W. W. Jacobs.

# 20

Ce que Gwendy remarque en premier quand elle entre dans le lycée de Castle Rock, le dernier jeudi de l'année scolaire, c'est l'expression sombre de plusieurs professeurs, puis un groupe de filles près de la cafétéria, nombre d'entre elles en pleurs.

« Qu'est-ce qui se passe ? demande-t-elle à Josie Wainwright devant le casier qu'elles partagent.

— Comment ça ?

— Il y a des filles qui pleurent dans le hall. Tout le monde a l'air bouleversé.

— Oh, ça, fait Josie, sans plus de gravité que si elle évoquait son petit déjeuner. Une fille s'est tuée cette nuit. Elle a sauté du haut des Marches des suicidés. »

Une sensation glaciale envahit Gwendy.

« Quelle fille ? » C'est à peine un chuchotement : elle craint de connaître déjà la réponse. Elle ne sait pas comment, mais elle la connaît.

« Olive… euh…

— Kepnes. Elle s'appelle Olive Kepnes.

— Elle *s'appelait* Olive Kepnes », corrige Josie, avant de fredonner la *Marche funèbre*.

Gwendy voudrait la gifler, en plein sur son joli minois semé de taches de rousseur, mais elle se révèle incapable de lever le bras. Tout son corps est engourdi. Au bout d'un moment, elle contraint ses jambes à bouger, sort du lycée, monte en voiture, rentre droit chez elle et s'enferme dans sa chambre.

# 21

*C'est ma faute*, se dit-elle pour la centième fois, en se garant sur le parking du parc de loisirs de Castle View. À minuit presque sonné, la vaste étendue gravillonnée est déserte. *Si on était restées amies*…

Elle a raconté à ses parents qu'elle dormait chez Maggie Bean, avec des copines du lycée – pour échanger des souvenirs, se rappeler Olive, se soutenir mutuellement dans leur chagrin –, et ils l'ont crue. Ils ignorent qu'elle a cessé voilà bien longtemps de sortir avec cette bande-là. La plupart des filles avec lesquelles elle traîne à présent ne reconnaîtraient pas Olive si elle passait devant elles. Elle-même n'a pas parlé à son ex-meilleure amie depuis six ou sept mois, en dehors d'un « salut » rapide dans les couloirs du lycée et d'une rencontre occasionnelle au supermarché. Elles ont fini par se réconcilier après leur dispute dans la chambre, mais, à compter de ce jour-là, plus rien n'a été pareil. Et, en vérité, cela convenait à Gwendy. Olive devenait trop sensible, trop difficile à vivre… trop Olive, tout bonnement.

« C'est ma faute », murmure Gwendy Peterson en descendant de voiture. Elle aimerait croire que c'est seulement de l'angoisse adolescente – ce que son père appelle le « complexe tout-tourne-autour-de-moi » – mais elle n'y parvient pas tout à fait. Elle ne peut chasser la conviction que, si Olive et elle étaient restées unies, elles seraient encore toutes les deux en vie.

Il n'y a pas de lune dans le ciel cette nuit, et elle a oublié d'apporter une lampe électrique, mais ça n'a aucune importance. Elle s'élance à une allure soutenue dans l'obscurité, vers les Marches des suicidés, sans trop savoir ce qu'elle fera une fois arrivée.

Elle a traversé la moitié du parc quand elle réalise qu'elle ne veut en aucun cas aller là-bas. Qu'elle ne veut même plus jamais revoir ces marches. Car – c'est dingue mais, dans le noir, ça a valeur de vérité – ne risquerait-elle pas de rencontrer Olive à mi-hauteur, le crâne à moitié enfoncé et un œil pendant sur la joue ? Et si Olive la poussait ? Ou la convainquait de sauter ?

Gwendy tourne les talons, remonte dans sa mignonne petite Fiesta et rentre chez elle. L'idée lui est venue qu'elle peut veiller à ce que nul ne saute plus jamais du haut des marches.

## 22

### L'Écho de Castle Rock
*Édition du samedi 26 mai 1979*

Durant la nuit du vendredi 25 mai, entre 1 et 6 heures du matin, une section du parc de loisirs de Castle View, dans le quart nord-ouest, a été détruite. L'escalier historique, la terrasse panoramique, et près de vingt ares de terrain appartenant à l'État se sont effondrés, laissant en contrebas un ahurissant tas de fer, d'acier, de terre et de pierre.

De nombreuses autorités sont encore sur place pour tenter de déterminer si cette chute est le résultat de causes naturelles ou criminelles.

« C'est vraiment très bizarre et il est bien trop tôt pour qu'on ait des réponses, commente George Bannerman, le shérif de Castle Rock. Nous ne savons pas s'il y a eu un mini-tremblement de terre centré sur cette zone, ou si quelqu'un a saboté l'escalier, ni rien du tout. Nous allons faire venir des enquêteurs supplémentaires de Portland, mais ils n'arriveront pas avant demain matin, donc il vaut mieux attendre jusque-là pour faire d'autres déclarations. »

Castle View a été récemment le site d'une tragédie, le cadavre d'une jeune fille de dix-sept ans ayant été découvert au pied de la falaise…

# 23

Gwendy est ensuite malade plusieurs jours. Mr. et Mrs. Peterson estiment la fièvre et l'estomac irrité de leur fille fruits du chagrin, mais elle sait qu'il n'en est rien. C'est la boîte. Le prix qu'elle doit payer pour avoir appuyé sur le bouton rouge. Périodiquement, elle entend le grondement d'une avalanche de pierres, et elle doit courir aux toilettes pour vomir.

Le lundi matin, elle parvient à se doucher et à enfiler autre chose qu'un pantalon de jogging et un tee-shirt assez longtemps pour assister aux obsèques d'Olive, mais seulement parce que sa mère insiste. Si cela ne tenait qu'à elle, elle ne quitterait pas sa chambre. Pas avant d'avoir dans les vingt-quatre ans, peut-être.

L'église est pleine à craquer. Tout le lycée de Castle Rock est là – les profs comme les élèves ; même Frankie Stone, qui arbore un sourire goguenard sur le banc du fond – et Gwendy les déteste tous d'être venus. Aucun n'appréciait Olive quand elle était en vie. Aucun ne la connaissait seulement.

*Ouais, pas comme moi*, songe-t-elle. *Mais, au moins, j'ai fait quelque chose. Il y a au moins ça. Plus personne ne sautera du haut de ces marches. Jamais.*

Alors qu'elle rejoint la voiture de ses parents après l'inhumation au cimetière, quelqu'un l'appelle. Elle se retourne et découvre le père d'Olive.

Mr. Kepnes est un petit homme obèse, aux joues roses et au regard doux. Gwendy l'a toujours adoré, elle a toujours partagé avec lui un lien particulier, peut-être parce qu'ils avaient naguère en commun d'être trop gros, ou bien parce que c'est une des personnes les plus gentilles qu'elle ait jamais rencontrée.

Elle a tenu le coup pendant les obsèques mais, quand elle voit le père d'Olive approcher les bras tendus, elle éclate en sanglots.

« Ça va bien, ma chérie, dit-il en l'étreignant. Ça va bien. »

Gwendy secoue la tête avec véhémence « Non, ça ne va pas bien du tout… » Elle essuie sur sa manche ses joues couvertes de larmes et de morve.

« Écoute-moi. » Mr. Kepnes se penche et s'assure qu'elle le regarde. Il n'est pas normal que ce soit le père qui réconforte l'amie – l'*ex*-amie –, mais c'est exactement ce qui arrive. « Il faut que ça aille bien. Je sais que ça paraît impossible en ce moment, mais il le faut. Compris ? »

Gwendy hoche la tête et murmure : « Compris. » Elle n'a qu'une envie : rentrer chez elle.

« Tu étais la meilleure amie qu'elle avait au monde. D'ici une semaine ou deux, passe nous voir à la maison. On déjeunera tous ensemble et on parlera. Je crois qu'Olive aurait aimé ça. »

C'est trop, et la jeune fille ne peut en supporter plus : elle se dégage pour s'enfuir vers la voiture, suivie de ses parents désolés.

Les deux derniers jours d'école sont annulés en raison de la tragédie. Gwendy passe presque toute la semaine sur le canapé du salon, enfouie sous une couverture. Elle fait beaucoup de mauvais rêves – le pire met en scène en homme en costume et chapeau noir, avec des pièces d'argent luisantes à la place des yeux – et crie souvent dans son sommeil. Elle a peur de ce qu'elle pourrait dire pendant ces cauchemars. Peur que ses parents l'entendent.

La fièvre cependant finit par tomber et Gwendy par regagner le monde. Durant les vacances d'été, elle travaille autant qu'elle le peut au bar du drive-in et, le reste du temps, court dans les rues inondées de soleil de Castle Rock ou écoute de la musique, enfermée dans sa chambre. Tout pour garder l'esprit occupé.

La boîte à boutons reste cachée au fond du placard. Gwendy y pense toujours – Oh ! si elle y pense ! – mais elle ne veut plus rien avoir à faire avec elle. Ni avec les chocolats, ni avec les pièces d'argent, et surtout pas avec ces satanés boutons. La plupart du temps, elle déteste le coffret d'acajou, tout ce qu'il lui rappelle, et elle s'imagine en train de s'en débarrasser. De l'écraser avec une masse ou de l'envelopper dans une couverture et d'aller le jeter à la décharge.

Mais elle sait qu'elle ne peut pas. *Et si quelqu'un d'autre le trouve ? Si quelqu'un d'autre appuie sur un des boutons ?*

Elle le laisse donc se couvrir de toiles d'araignée et de poussière dans les profondeurs de son placard. *Il peut bien pourrir, pour ce que j'en ai à faire*, songe-t-elle.

## 24

Gwendy prend un bain de soleil dans l'arrière-cour, en écoutant Bob Seger & the Silver Bullet Band sur un Walkman Sony, quand Mrs. Peterson sort, un verre d'eau glacée à la main, le lui donne, et s'assied au bord de la chaise longue.

« Ça va, ma chérie ? »

La jeune fille ôte ses écouteurs et boit une gorgée. « Ça va, oui. » Sa mère pose sur elle un regard incrédule. « Bon, d'accord, peut-être pas très bien, mais un peu mieux.

— Je l'espère. » Elle exerce une brève pression sur la jambe de Gwendy. « Tu sais que, si jamais tu veux parler… De n'importe quoi.

— Je sais.

— Le problème, c'est que tu ne dis jamais rien. On s'inquiète pour toi.

— Je… j'en ai gros sur la patate.

— Toujours pas prête à rappeler Mr. Kepnes ? »

Gwendy ne répond pas, se contentant de secouer la tête.

Mrs. Peterson abandonne la chaise longue. « Rappelle-toi juste un truc.

— Lequel ?

— Ça finira par aller mieux. Ça finit *toujours* par aller mieux. »

C'est à peu près ce qu'a dit le père d'Olive. Gwendy espère que c'est vrai, mais elle a des doutes.

« Hé, maman ? » Mrs. Peterson s'arrête et se retourne. « Je t'adore. »

## 25

Il s'avère que Mr. Kepnes avait tort et Mrs. Peterson raison. Ça ne va pas bien, mais ça va mieux.

Gwendy rencontre un garçon.

Il s'appelle Harry Streeter. Il a dix-huit ans, il est grand, beau, spirituel, il vient d'arriver à Castle Rock (sa famille a emménagé voilà quinze jours, après une mutation professionnelle de son père), et, s'il ne s'agit pas d'un coup de foudre, ça y ressemble beaucoup.

Gwendy, derrière le comptoir du bar, vend des barquettes de pop-corn beurré, des bonbons Haribo, des M&Ms et des sodas par dizaines de litres quand Harry entre avec son frère cadet. Elle le remarque instantanément, et c'est réciproque. Lorsque arrive le tour du garçon de commander, l'étincelle jaillit, et ni l'un ni l'autre ne peut articuler une phrase complète.

Harry revient le lendemain soir, seul, alors que le drive-in diffuse encore *Amityville, la Maison du diable* et *Phantasm*, et il fait à nouveau la queue pour commander. Cette fois, en plus d'un petit gobelet de pop-corn et d'un soda, il obtient de Gwendy son numéro de téléphone.

Il l'appelle le lendemain après-midi et, le soir même, vient la chercher dans une Mustang décapotable rouge comme une pomme d'amour. Avec ses cheveux blonds et ses yeux bleus, il a l'air d'un acteur de cinéma. Cette première sortie les emmène au bowling et manger une pizza, la deuxième les voit évoluer sur la patinoire de Gates Falls, et ils deviennent après cela inséparables. Pique-niques à Castle Lake, excursions à Portland pour visiter des musées et de grands centres commerciaux, voir des films ou se promener. Ils vont même courir ensemble, toujours d'un même pas.

À la rentrée des classes, Gwendy porte la chevalière de Harry autour du cou, sur une chaîne en argent, et se demande comment elle va aborder avec sa mère la question de la contraception. (Cette discussion n'aura pas lieu avant que deux mois de l'année scolaire ne se soient écoulés, mais, lorsqu'elle arrivera, Gwendy sera soulagée : non seulement sa mère comprendra, mais c'est elle qui prendra rendez-vous pour elle chez le médecin – bravo, maman.)

Et il y a d'autres changements. Au grand désespoir de ses entraîneurs et coéquipières, la jeune fille décide de renoncer au football pendant son année de terminale. Elle n'a pas le cœur à ça, tout bonnement. En outre, Harry n'est pas un grand sportif : il se consacre sérieusement à la photographie. Ainsi, ils peuvent passer plus de temps ensemble.

Gwendy ne se rappelle pas avoir jamais été aussi heureuse. La boîte à boutons surgit encore dans ses pensées de temps en temps, mais tout ce qui la concerne lui fait presque l'effet d'un rêve d'enfant. *Mr. Farris. Les chocolats. Les dollars en argent. Le bouton rouge. Y avait-il quoi que ce soit de réel là-dedans ?*

Il n'est toutefois pas question pour elle d'arrêter de courir. Au moment des compétitions en salle, fin novembre, Gwendy se tient prête à foncer bille en tête. Harry, au bord de la piste lors de toutes les courses, l'encourage et prend des photos. Bien qu'elle se soit entraînée presque tout l'été et l'automne, elle ne finit que quatrième dans le classement du comté et, pour la première fois depuis son entrée au lycée, ne participera pas au championnat de l'État. Elle écope aussi de deux B sur son carnet de notes de fin de semestre en décembre. Le troisième jour des vacances de Noël, au réveil, Gwendy gagne la salle de bains du couloir pour son pipi du matin. Ensuite, du pied, elle attire à elle le pèse-personne rangé sous la coiffeuse. Son instinct ne l'a pas trompée : elle a pris presque trois kilos.

# 26

Sa première impulsion est de retraverser le couloir en courant, de verrouiller la porte de sa chambre et de sortir la boîte à boutons afin de tirer la manette et de dévorer un chocolat magique. Il lui semble entendre dans sa tête des voix scander : *Bibendum ! Bibendum ! Bibendum !*

Mais elle ne le fait pas.

Au lieu de cela, elle referme le couvercle de la lunette et s'y assied. *Bon, voyons : j'ai foiré ma saison de course à pied, j'ai décroché deux B pour le semestre* (dont un de justesse, quoique ses parents ne le sachent pas), *j'ai pris du poids (trois kilos !) pour la première fois depuis des années – et je suis plus heureuse que jamais*.

*Je n'en ai pas besoin*, se dit-elle. *Et, plus important, je n'en veux pas*. Cette découverte fait chanter sa tête et s'envoler son cœur, si bien qu'elle rentre dans sa chambre d'un pas léger et le sourire aux lèvres.

## 27

Le lendemain matin, Gwendy se réveille recroquevillée dans son placard.

Elle serre entre ses bras la boîte à boutons, tel un amant fidèle ; son pouce droit repose à un centimètre du bouton noir.

Réprimant un hurlement, elle retire vivement la main et sort du placard à quatre pattes, en crabe. Une fois à bonne distance, elle se lève et remarque un détail qui lui donne le vertige : la tablette est sortie ; dessus repose un chocolat, un petit perroquet, parfait jusqu'à la dernière plume.

Gwendy a plus que tout envie de s'enfuir – claquer la porte derrière elle et ne jamais revenir –, mais elle sait que c'est impossible. Alors, que faire ?

Elle se rapproche du placard le plus discrètement possible. Lorsqu'elle ne s'en trouve plus qu'à un mètre, l'image d'un animal sauvage endormi dans sa tanière jaillit dans sa tête, et elle pense : *La boîte à boutons ne fait pas que donner du pouvoir, elle* est *le pouvoir*.

« Mais je ne vais pas… », murmure-t-elle. *Tu ne vas pas quoi ?* « Je ne vais pas me laisser faire. »

Avant de perdre courage, elle rafle le chocolat sur la tablette. Craignant de tourner le dos au coffret d'acajou, elle sort de la chambre à reculons, se précipite à la salle de bains et jette le perroquet dans les toilettes, avant de tirer la chasse.

Et, un temps, tout va bien. Gwendy suppose que la boîte à boutons s'endort, mais ne s'y fie pas, pas du tout. Car, même si c'est le cas, elle ne dort que d'un œil.

## 28

Deux événements qui changeront sa vie se produisent au début du dernier semestre scolaire : son dossier d'inscription en psychologie à l'université Brown est accepté en avance, et elle couche avec Harry pour la première fois.

Il y a eu plusieurs faux départs au cours des derniers mois – Gwendy prend la pilule depuis au moins aussi longtemps – mais elle n'était pas prête et le galant Harry Streeter n'a pas insisté lourdement. L'acte a enfin lieu un vendredi soir dans la chambre du garçon, aux chandelles, le jour d'une grande fête organisée par l'employeur de son père, et il se révèle aussi maladroit et merveilleux que prévu. Pour procéder aux ajustements nécessaires, Gwendy et Harry recommencent le lendemain et le surlendemain, sur la banquette arrière de la Mustang. Ils y manquent de place, mais c'est pourtant de mieux en mieux.

La jeune fille recommence à courir en extérieur au printemps, et se classe sur le podium lors des deux premières compétitions. Ses notes ne comptent pour l'heure que des A (quoique l'histoire soit en danger, avec 91 %), et elle n'est pas montée sur une balance depuis la semaine avant Noël. Elle en a fini avec ces bêtises-là.

Elle fait encore un cauchemar de temps en temps (celui qui met en scène l'homme élégant avec les yeux en pièces d'argent continue d'être le plus terrifiant), et elle sait que la boîte veut reprendre son emprise sur elle, mais elle s'efforce de ne pas y penser. La plupart du temps, elle y parvient, grâce à Harry et à ce qu'elle considère comme sa nouvelle vie. Elle espère souvent que Mr. Farris viendra reprendre son bien, la soulager de cette responsabilité. Ou que la boîte à boutons finira par l'oublier. Cela paraîtrait stupide à n'importe qui d'autre, mais elle en est arrivée à la croire d'une certaine manière vivante.

Il n'y aura pas d'oubli. Elle l'apprend lors d'un après-midi printanier venteux, en avril, alors que Harry et elle font voler un cerf-volant sur le terrain de baseball du lycée de Castle Rock (Gwendy a été enchantée quand Harry est arrivé chez elle avec le jouet). Soudain, quelque chose de petit et de sombre émerge du bouquet d'arbres qui borde le terrain de sport. Au début, la jeune fille croit à un animal. Un lapin, peut-être, ou une marmotte en vadrouille… Mais, comme cela se rapproche – et semble venir droit vers eux –, elle se rend compte que ce n'est pas cela du tout. C'est un chapeau.

Harry tient la bobine de ficelle et, un large sourire aux lèvres, il lève vers le cerf-volant bleu, blanc, rouge des yeux écarquillés. Il ne remarque donc pas le chapeau noir qui roule dans leur direction, non pas poussé par le vent mais contre lui. Il ne le voit

pas ralentir en arrivant près d'eux, ni changer de trajectoire d'un coup et décrire un cercle autour de sa compagne horrifiée – comme pour l'embrasser et lui dire « bonjour, quel plaisir de te revoir » –, avant de s'éloigner vivement et de disparaître derrière les gradins qui se dressent près de la ligne de la troisième base.

Harry ne remarque rien de tout cela, car il est en train de faire voler un cerf-volant avec l'amour de sa jeune vie à son côté, par un bel après-midi de printemps à Castle Rock, et que tout est parfait.

# 29

Les deux premières semaines de mai s'écoulent dans une frénésie de cours, d'examens et d'activités liées à la remise des diplômes prochaine – l'essayage de la toge et du couvre-chef, les préparatifs de la fête du soir, l'envoi des invitations à la cérémonie qui, les derniers examens étant prévus pour la semaine du 19, aura lieu le mardi suivant, le 27, sur le terrain de football américain.

Gwendy et Harry ont tout prévu. Après la cérémonie, ils iront se changer puis se rendront chez Brigette Desjardin, où doit se dérouler la meilleure fête de tout le lycée, celle où il y aura le plus de monde. Le lendemain matin, ils partiront pour une semaine faire du camping à Casco Bay, juste tous les deux. Dès leur retour, Gwendy retournera travailler au drive-in, Harry à la quincaillerie. Début août, dix jours de vacances sur la côte avec la famille du garçon. Ensuite, ce sera l'université (Brown pour Gwendy ; près de Providence pour Harry) et un exaltant nouveau chapitre de leur vie. Ils ont hâte d'y être.

Gwendy sait qu'elle devra prendre une décision à propos de la boîte à boutons quand viendra l'heure pour elle de quitter la maison, mais il lui reste plusieurs mois pour y réfléchir, ce n'est donc pas une priorité pour la soirée. Le plus grand dilemme qu'elle affronte en ce moment concerne la robe qu'elle portera à la fête de Brigette.

« Oh, Seigneur, soupire Harry avec bonne humeur. Prends donc n'importe laquelle. Ou viens comme tu es. » *Comme elle est*, il se trouve que c'est en culotte et soutien-gorge.

Gwendy lui donne un petit coup dans les côtes et tourne une page de son catalogue. « Tu en parles à ton aise. Toi, tu mettras un jean et un tee-shirt et tu auras l'air d'une vedette.

— En dessous, tu as l'air d'une super vedette. »

Ils sont allongés à plat ventre sur le lit de Gwendy. Harry joue avec les cheveux de sa compagne, qui feuillette le luxueux catalogue de Brown. Mr. et Mrs. Peterson, dînant chez des voisins, ne doivent pas rentrer tôt. Quand les deux jeunes gens sont arrivés il y a une heure, Gwendy a été un peu surprise de trouver la porte entrouverte, sans parler d'être fermée à clef. Or son père insiste toujours pour qu'on ferme à clef ; il aime à dire que Castle Rock n'est plus la tranquille petite ville de province d'autrefois. Cependant tout le monde a des absences, et papa ne rajeunit pas. En outre, avec les préparatifs de la fête pour les occuper – sans compter trente minutes de paradis dans le lit de Gwendy au préalable –, ni l'un ni l'autre n'a remarqué les éclats de bois et autres traces d'effraction visibles autour de la serrure.

« Allez, dit enfin Harry, tu es superbe. Tu peux porter ce que tu veux.

— Je n'arrive pas à me décider entre le sans-bretelles très habillé et le long, ample et décontracté. » Elle jette le catalogue et se lève. « Tiens, je te laisse choisir. » Elle s'approche du placard, ouvre la porte… et sent l'intrus avant de le voir : bière, cigarette, sueur nauséabonde…

Elle veut se retourner, appeler Harry, mais il est trop tard : deux bras puissants jaillissent des habits pendus, et l'attirent au sol. À présent, elle retrouve sa voix : « Harry ! »

Il a déjà sauté du lit pour se jeter sur l'assaillant de Gwendy et les deux garçons s'empoignent dans un enchevêtrement de cintres et de chemisiers.

Gwendy recule jusqu'à se retrouver le dos au mur. Abasourdie, elle reconnaît Frankie Stone en pantalon de treillis, lunettes noires et tee-shirt, comme s'il se prenait pour un soldat en mission secrète, qui roule sur le sol de sa chambre en luttant contre son petit copain. C'est déjà déplaisant, mais il y a pire : en bas du placard, à moitié enfouis sous des vêtements tombés, elle voit des dollars en argent épars… et la boîte à boutons. Frankie a dû la trouver pendant qu'il attendait son retour ou le départ de Harry.

A-t-il appuyé sur un des boutons ?

L'Afrique a-t-elle disparu ? Ou l'Europe ?

Les deux antagonistes heurtent la table de chevet. Brosses à cheveux et accessoires de maquillage pleuvent sur eux. Les lunettes d'agent secret de Frankie s'envolent. Harry pèse douze bons kilos de plus que son adversaire, aussi finit-il par plaquer au sol cette espèce de petit merdeux. « Gwen ? » Il paraît d'un calme impérial. « Appelle la police. Je tiens cette immonde petite crevu… »

Et c'est là que tout bascule. Frankie est maigrichon et n'a pas grand-chose en matière de muscles, mais on peut en dire autant des serpents. Il se tortille donc tel un reptile et plante le genou dans l'entrejambe d'un Harry en caleçon qui souffle tout l'air contenu dans ses poumons et se plie en deux. Se libérant une main, il lui enfonce alors deux doigts dans les yeux, ce qui le fait hurler, porter les mains à son visage et tomber sur le côté.

Gwendy se redresse à temps pour voir Frankie venir vers elle, chercher à l'empoigner d'une main tout en plongeant l'autre dans la poche de son pantalon. Avant qu'il ne puisse la toucher, Harry le plaque et tous les deux roulent à l'intérieur du placard, faisant choir à nouveau robes, jupes et pantalons, si bien que Gwendy, d'abord, ne voit qu'un tas de vêtements qui paraît respirer.

Puis une main en jaillit – une main sale au dos tatoué d'une toile d'araignée bleue. Tâtonnant au hasard, elle finit par trouver la boîte à boutons. La jeune fille voudrait hurler, mais rien ne sort de sa bouche ; sa gorge est verrouillée. Le coffret d'acajou s'abat, un coin en avant. Et encore… Et encore… La première fois qu'il percute la tête de Harry, le son est étouffé par les vêtements. La deuxième, il est plus fort. La troisième, le choc s'accompagne d'un craquement écœurant, comme celui d'une branche cassée, et le coin de la boîte réapparaît couvert de sang et de cheveux.

Les vêtements se soulèvent, s'écartent. Frankie en émerge, l'arme improvisée toujours dans sa main tatouée, un large sourire aux lèvres. Derrière lui, Gwendy voit Harry, les yeux fermés, la bouche pendante.

« Je ne sais pas ce que c'est, ce truc, ma jolie, mais ça tape très bien. »

Elle passe devant lui en courant. Il n'essaie pas de l'arrêter. Agenouillée près de Harry, elle lui soulève la tête d'une main et pose l'autre en coupe devant son nez et sa bouche, mais elle sait déjà. Le coffret était léger. Ce soir, pourtant, il s'est fait lourd un moment, parce qu'il *voulait* l'être, et Frankie Stone s'en est servi pour écraser le crâne de Harry Streeter. Elle ne sent aucun souffle sur sa paume.

« Tu l'as tué ! Espèce de sale fils de pute, *tu l'as tué !*

— Ouais, peut-être bien. On s'en fout. » Le mort ne semble lui inspirer aucun intérêt ; ses yeux vagabondent frénétiquement sur le corps de Gwendy, et elle comprend qu'il est fou. Une boîte susceptible de détruire le monde repose entre les mains d'un malade mental persuadé d'être un béret vert ou un Navy SEAL ou quelque chose comme ça. « Qu'est-ce que c'est que ce truc ? À part que tu y caches tes dollars en argent, je veux dire ? Il y en a pour combien, Gwennie ? Et les boutons, là, à quoi ils servent ? »

Il touche le vert, puis le violet. Quand son pouce crasseux s'approche du noir, Gwendy fait la seule chose qui lui vient à l'esprit. D'ailleurs elle ne réfléchit pas : elle agit, voilà tout. Son soutien-gorge s'ouvre sur le devant ; elle le dégrafe. « Tu préfères jouer avec ces boutons-là ou avec les miens ? »

Frankie sourit, exposant des dents qui feraient grimacer un dentiste endurci. Il plonge à nouveau la main dans la poche et en sort un couteau. Dans le genre de celui de Lenny, sauf que les mots *Semper Fidelis* n'y sont pas gravés. « Va sur le plumard, miss reine de la promo. Et pas la peine de virer ta culotte : je vais la couper. Si tu restes bien tranquille, peut-être que je ne couperai pas ce qu'il y a en dessous.

— C'est lui qui t'envoie ? » demande Gwendy, à présent assise, les pieds à plat par terre, les jambes relevées pour cacher ses seins. Avec de la chance, ce salaud de cinglé ne les verra qu'une seule fois. « Est-ce que c'est Mr. Farris qui t'envoie récupérer la boîte ? Est-ce qu'il veut que ce soit toi qui l'aies ? » Quoique les indices semblent le suggérer, c'est difficile à croire.

Frankie plisse le font. « Mr. *comment* ?

— Farris. Costume noir ? Petit chapeau noir qui va où il veut ?

— Je ne connais aucun Mr. F… »

C'est alors qu'elle bondit, encore une fois sans réfléchir… ou bien, comme elle se le dira plus tard, c'est la boîte qui réfléchit pour elle. Frankie écarquille les yeux. Son bras se détend et le couteau se plante dans le pied de Gwendy, ressort de l'autre côté dans un jaillissement de sang. La jeune fille hurle mais son talon percute néanmoins le torse du garçon, le renvoie à l'intérieur du placard. Elle s'empare du coffret d'acajou et, tout en appuyant sur le bouton rouge, elle crie : « *Va pourrir en enfer !* »

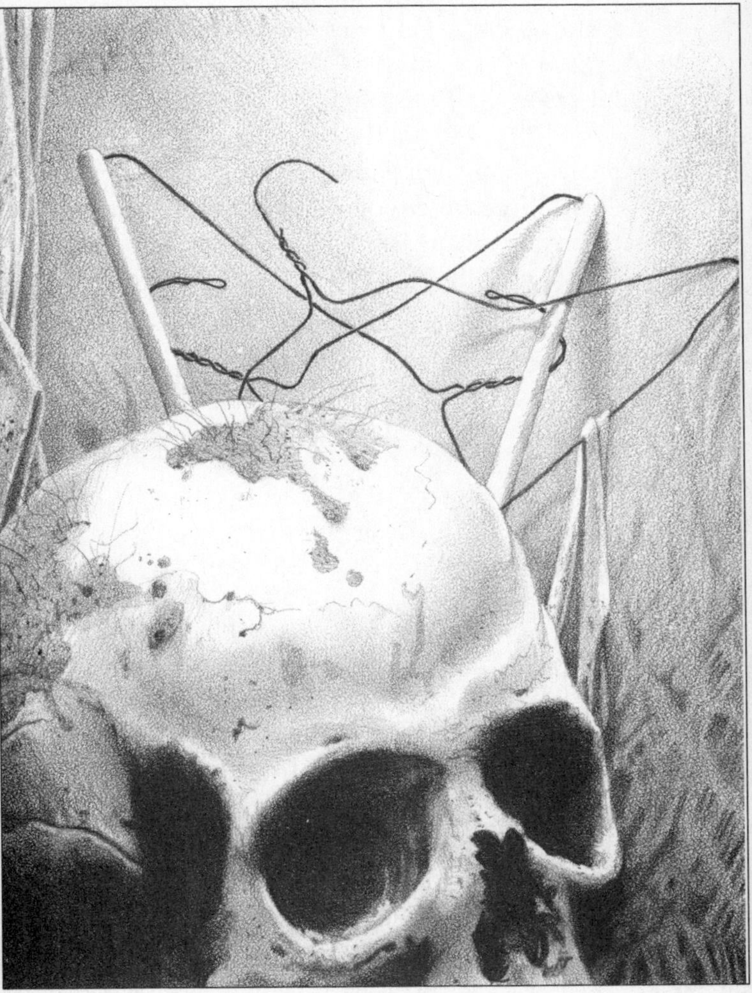

# 30

Gwendy Peterson obtient sa licence à Brown avec la mention *summa cum laude*, plus grande distinction, en juin 1984. Elle n'a pas couru depuis son année de terminale au lycée ; la blessure de son pied s'est infectée pendant son séjour à l'hôpital, et, si elle a fini par guérir, la jeune fille a perdu une partie de sa mobilité. Elle claudique encore un peu, quoique ce soit désormais à peine discernable.

Après la cérémonie, elle dîne au restaurant avec ses parents, et ils passent un bon moment. Mr. et Mrs. Peterson font même une entorse à leur abstinence de longue date et commandent une bouteille de champagne pour porter un toast à leur fille, laquelle partira bientôt passer une maîtrise à Columbia, à moins qu'elle ne suive le programme d'écriture créative de l'université de l'Iowa. Elle pense avoir un roman en elle. Peut-être plusieurs.

« Et est-ce qu'il y a un homme dans ta vie ? » demande Mrs. Peterson – les joues colorées et les yeux brillants en raison de l'alcool inhabituel.

Gwendy secoue la tête en souriant. « Pas en ce moment. »

Et il n'y en aura pas davantage à l'avenir, songe-t-elle. Elle a déjà un compagnon : un coffret avec huit boutons sur le dessus et deux manettes sur les côtés. Elle mange encore un chocolat de temps en temps, mais n'a pas prélevé de dollar en argent depuis des années. Ceux qu'elle avait ont disparu, vendus par un ou deux pour s'acheter des livres, payer un loyer (oh, le luxe que représente un appartement de célibataire), et remplacer sa Fiesta par un Subaru Outback (sa mère en a été très en colère, mais elle a fini par s'en remettre).

« Bah, dit Mr. Peterson. Elle a le temps.

— Oui. » Gwendy sourit encore. « J'ai tout le temps. »

# 31

Elle compte passer l'été à Castle Rock. Une fois ses parents retournés à leur hôtel, elle achève donc de préparer ses bagages, fourrant la boîte à boutons tout au fond de sa malle. Durant ses années à Brown, elle a conservé cette horreur dans un coffre, à la Banque de Rhode Island, ce qu'elle regrette de n'avoir pas fait plus tôt, mais elle n'était au tout début qu'une gamine, bordel, et que font les gamins ? Ils entreposent les objets précieux dans des cavités sous des arbres, derrière des pierres descellées dans des caves inondables, ou encore dans des placards. Des *placards*, nom de Dieu ! Une fois qu'elle sera à Columbia (ou Iowa City, si le programme d'écriture créative accepte sa candidature), le coffret d'acajou ira dans une autre banque et, en ce qui la concerne, il pourra y rester à jamais.

L'envie la prend de manger une tranche de gâteau au café et de boire un verre de lait avant de se coucher. Arrivée au salon, elle s'arrête net. Sur le bureau où elle a étudié pendant deux ans repose un joli petit chapeau noir, près d'une photo encadrée de Harry Streeter. Elle ne doute pas un instant d'avoir affaire à celui qu'elle a vu pour la dernière fois le jour où Harry et elle faisaient voler leur cerf-volant sur le terrain de baseball. Quel jour heureux c'était ! Le dernier, peut-être.

« Viens, Gwendy, appelle Mr. Farris dans la cuisine. Pose-toi un moment, comme on dit. »

Elle entre avec l'impression d'être en visite dans son propre corps. Mr. Farris, vêtu de son beau costume noir, et qui ne paraît pas avoir vieilli d'un jour, est assis à la table. Devant lui sont posés un morceau de gâteau au café et un verre de lait. Ceux de Gwendy l'attendent.

Farris la détaille de la tête aux pieds mais – comme dix ans plus tôt, en haut des Marches des suicidés – sans équivoque. « Quelle belle jeune femme tu es devenue, Gwendy Peterson ! »

Elle s'assied sans le remercier. Pour elle, cette conversation aurait dû avoir lieu bien plus tôt. Sans doute pas pour lui : son petit doigt dit à Gwendy qu'il a un plan bien établi et n'en dévie jamais. Ce qu'elle répond, c'est : « J'ai fermé à clef en sortant. Je ferme toujours. Et c'était encore fermé quand je suis rentrée. Je m'en assure toujours aussi. Une habitude que j'ai prise le jour de la mort de Harry. Vous êtes au courant, pour Harry ? Si vous saviez que je voulais du gâteau au café et du lait, je suppose que oui.

— Bien sûr. Je sais beaucoup de choses, Gwendy. Quant aux serrures… » Il a un geste vague qui signifie *pas la peine d'en parler*.

« Vous venez chercher la boîte ? » Elle perçoit l'espoir autant que la répugnance dans sa voix. Une combinaison étrange mais qu'elle connaît bien.

Farris ignore la question pour le moment. « Comme je disais, je sais beaucoup de choses, mais j'ignore ce qui s'est passé au juste le jour où le jeune Stone est venu chez toi. Il se produit toujours une crise avec la boîte – un moment de vérité, pour ainsi dire –, et, dans ces cas-là, ma capacité de… voir… disparaît. Dis-moi ce qui s'est passé.

— Je suis obligée ? » Il lève la main et la tourne, comme pour dire : *À toi de voir.* « Je ne l'ai jamais dit à personne.

— Et tu ne le diras plus jamais, à mon avis. C'est ta seule chance.

— Je lui ai crié d'aller pourrir en enfer et, en même temps, j'ai appuyé sur le bouton rouge. Je ne parlais pas littéralement, mais il venait de tuer le garçon que j'aimais et de me planter sa saleté de couteau dans le pied, alors c'est ce qui est sorti. Je ne pensais pas que ça arriverait pour de bon… »

Sauf que c'est arrivé.

Elle se tait, revoyant le visage de Frankie qui noircissait, ses yeux qui se troublaient puis jaillissaient des orbites. Sa bouche qui s'affaissait, la lèvre inférieure déroulée comme un store au ressort brisé. Son hurlement – de surprise, de douleur ou des deux, elle n'en sait rien – qui propulsait ses dents hors de ses gencives putréfiées en une pluie jaune et noire. Sa mâchoire qui se décrochait ; son menton qui tombait sur sa poitrine ; sa gorge qui s'ouvrait avec un sinistre bruit de déchirure. Les fleuves de pus qui jaillissaient de ses joues fendues telles des voiles de navire usées…

« Je ne sais pas s'il a pourri en enfer, mais il a pourri, c'est sûr », conclut Gwendy. Elle repousse le gâteau au café. Elle n'en a plus envie.

« Qu'est-ce que tu as raconté, dis-moi ? demande-t-il. Tu as dû réfléchir remarquablement vite.

— Peut-être, je ne sais pas. Je me suis toujours demandé si ce n'était pas la boîte qui réfléchissait pour moi. » Elle attend une réaction. Comme il n'y en a pas, elle poursuit. « J'ai fermé les yeux et encore appuyé sur le bouton rouge, en imaginant Frankie disparu. Je me suis concentrée là-dessus aussi fort que possible et, quand j'ai regardé à nouveau, il ne restait que Harry dans le placard. » Elle secoue la tête, incrédule. « Ça a marché.

— Bien sûr que ça a marché, intervient Mr. Farris. Le bouton rouge est très… polyvalent, dirons-nous ? Oui, disons ça. Mais, en dix ans, tu n'as appuyé dessus que deux ou trois fois, ce qui prouve que tu es une personne à la forte volonté et à la retenue plus forte encore. Je te salue pour cela. » Et il la salue bel et bien, en levant son verre de lait.

« Même une seule fois, c'était trop, dit-elle. J'ai provoqué Jonestown.

— Tu t'accordes beaucoup trop d'importance, répond-il sur un ton sec. C'est *Jim Jones* qui a provoqué Jonestown. Ce soi-disant révérend était aussi cinglé qu'un rat en cage. Parano, obsédé par sa mère et dangereusement imbu de lui-même. Quant à ton amie Olive, je sais que tu t'es toujours crue responsable de son suicide, mais je t'assure que ce n'est pas le cas. Olive avait des SOUCIS. C'est le mot que tu emploies pour ça. »

Elle le contemple, abasourdie. Dans quelle mesure a-t-il épié sa vie à l'instar d'un pervers (Frankie Stone, par exemple) fouillant dans son tiroir à dessous ?

« Un de ces soucis, c'était son beau-père. Il… comment dire ? Il la tripotait.

— Vous êtes sérieux ?

— Comme un pape. Quant au jeune Mr. Stone, tu sais tout ce qu'il a fait. »

En effet. La police lui a attribué au moins quatre viols et deux tentatives dans la région de Castle Rock. Peut-être aussi le viol suivi de meurtre d'une fille de Cleaves Mills. Les flics sont plus réservés sur ce dernier crime, mais Gwendy est sûre que c'était Frankie.

« Il faisait une fixation sur toi depuis des années, et il a eu exactement ce qu'il méritait. C'est lui qui a provoqué la mort de ton Mr. Streeter, pas la boîte à boutons. »

Elle entend à peine ces mots, alors que lui revient ce qu'elle bannit en général de son esprit. Sauf en rêve, quand elle en est incapable. « J'ai dit aux policiers que Harry avait empêché Frankie de me violer, qu'ils s'étaient battus, que Harry avait été tué et que Frankie s'était enfui – j'imagine qu'ils le recherchent encore. J'ai caché le coffret dans ma commode, avec les pièces. J'ai pensé tremper un de mes escarpins dans le sang de Harry pour expliquer ses blessures… mais je n'ai pas pu m'y résoudre. Au bout du compte, ça n'a pas eu d'importance : ils ont supposé que Frankie avait emporté l'arme du crime. »

Mr. Farris hoche la tête. « On est loin de tout est bien qui finit bien, mais ça finit au moins aussi bien que possible. »

Le visage de la jeune femme se fend d'un sourire amer qui ajoute quelques unités à ses vingt-deux ans. « Tout est parfait, à vous entendre. Comme si j'étais sainte Gwendy. Mais je sais que c'est faux. Si vous ne m'aviez pas donné cette foutue boîte, tout aurait été différent.

— Si Lee Harvey Oswald n'avait pas travaillé pour le Texas Book Depository, Kennedy aurait terminé son mandat, renvoie Mr. Farris. On peut jouer avec des *si* jusqu'à devenir fou, ma fille.

— Tournez ça comme vous voulez, mais, si vous ne m'aviez pas donné la boîte, Harry serait toujours en vie. Et Olive. »

Il réfléchit. « Harry ? Oui, peut-être. *Peut-être*. Mais Olive était condamnée. Tu n'as absolument aucune responsabilité dans sa mort, crois-moi. » Il sourit. « Et, bonne nouvelle ! Tu vas être acceptée dans l'Iowa ! Ton premier roman... » Il sourit. « Bon, je te laisse la surprise. Disons juste qu'il te faudra porter ta plus jolie robe pour aller recevoir ton prix.

— Quel prix ? » Elle est à la fois surprise et un peu dégoûtée d'avoir autant envie d'entendre ces nouvelles.

Farris agite à nouveau la main en ce geste signifiant *inutile d'en parler*. « J'en ai dit assez. Un peu plus et j'influencerais le cours de ton avenir, alors ne me tente pas. Je pourrais me laisser convaincre si tu insistais, parce que je t'aime bien, Gwendy. Ton mandat en tant que propriétaire de la boîte a été… exceptionnel. Je sais quel fardeau ç'a été parfois, comme de porter un sac à dos invisible rempli de cailloux sur le dos, mais tu ne sauras jamais le bien que tu as fait. Les catastrophes que tu as évitées. Quand on l'utilise avec malveillance – ce que tu n'as jamais fait, soit dit en passant, même ton expérience avec le Guyana était purement motivée par la curiosité –, la boîte a un potentiel maléfique inimaginable. Lorsqu'on la laisse tranquille, elle peut représenter une force puissante au service du bien.

— Mes parents prenaient le chemin de devenir alcooliques, dit Gwendy. Avec le recul, j'en suis quasiment sûre. Mais ils ont arrêté de boire.

— Oui, et qui sait combien d'événements encore pires la boîte a empêchés pendant que tu la possédais ? Même moi, je n'en sais rien. Des massacres ? Une bombe abandonnée dans une valise sale à Grand Central Station ? L'assassinat d'un chef d'État qui aurait déclenché la Troisième Guerre mondiale ? Oh, elle n'a pas évité toutes les catastrophes – tu lis comme moi les journaux – mais je vais te dire une bonne chose, Gwendy. » Il se penche, la transperçant de ses yeux. « Elle en a évité beaucoup. Beaucoup.

— Et maintenant ?

— Maintenant, je te remercierai de me la rendre. Ton travail est terminé – du moins cette partie-là de ton travail. Tu as encore beaucoup de choses à dire au monde… et le monde écoutera. Tu divertiras les gens, ce qui est le plus grand don que puisse détenir un homme ou une femme. Tu les feras rire, pleurer, s'exclamer, *réfléchir*. À partir de trente-cinq ans, tu écriras sur un ordinateur au lieu d'une machine à écrire, mais les deux sont des espèces de boîtes à boutons, tu ne crois pas ? Tu auras une longue vie…

— Longue comment ? » Une nouvelle fois, elle éprouve ce mélange d'envie et de répugnance.

« Ça, je ne te le dirai pas. Sache seulement que tu mourras entourée d'amis, vêtue d'une jolie chemise de nuit bordée de fleurs bleues. Le soleil brillera par ta fenêtre et, avant d'expirer, tu regarderas dehors et verras un vol d'oiseaux en partance vers le sud. Une dernière image de la beauté du monde. Tu souffriras un peu. Pas beaucoup. » Il mange une bouchée de gâteau au café puis se lève. « Délicieux, mais je suis déjà en retard pour mon rendez-vous suivant. La boîte, s'il te plaît.

— Qui va en hériter ? À moins que vous ne puissiez pas me dire ça non plus ?

— Pas sûr. J'ai repéré un garçon dans une petite ville qui s'appelle Pescadero, à une heure au sud de San Francisco. Tu ne le rencontreras jamais. J'espère, Gwendy, qu'il fera un aussi bon gardien que tu l'as été. »

Il se penche vers elle et l'embrasse sur la joue. Le contact de ses lèvres la rend heureuse, comme l'ont toujours fait les petits animaux en chocolat.

« Elle est au fond de ma malle, dit Gwendy. Dans la chambre. La malle n'est pas fermée à clef… mais je suppose que ce ne serait pas un problème si elle l'était. » Elle éclate de rire puis redevient sérieuse. « Je ne… je ne veux pas la toucher à nouveau, ni même la regarder. Parce que sinon… »

Il sourit mais ses yeux sont graves. « Sinon, tu risquerais de vouloir la garder.

— Oui.

— Reste assise, alors. Mange ton gâteau. Il est vraiment très bon. »

Puis il la quitte.

# 32

Gwendy reste assise et mange son gâteau au café sans hâte, par petites bouchées qu'elle fait couler avec de minuscules gorgées de lait. Elle entend grincer le couvercle de sa malle, claquer les fermoirs qu'on remet obligeamment en place. Puis des pas s'approchent de la porte d'entrée et s'y interrompent. Va-t-il dire au revoir ?

Non. La porte s'ouvre et se referme doucement. Mr. Richard Farris, naguère rencontré sur un banc en haut des Marches des suicidés de Castle View, est sorti de sa vie. Gwendy s'attarde encore une minute à table, finissant la dernière bouchée de son gâteau et songeant au livre qu'elle veut écrire, une grande saga située dans une petite ville du Maine qui ressemble beaucoup à la sienne. Avec de l'amour et de l'horreur. Elle n'est pas encore prête, mais elle estime que cela viendra bientôt ; dans deux ans, maximum cinq. Ensuite, elle s'assiéra devant sa machine à écrire – sa boîte à boutons – et commencera à taper.

Enfin, elle se lève et gagne le salon. Son pas est dynamique. Déjà, elle se sent plus légère. Le petit chapeau noir a disparu de son bureau, mais on lui a tout de même laissé quelque chose : un dollar en argent Morgan de 1891. Elle le ramasse, le tourne dans un sens puis dans l'autre, afin que sa surface jamais mise en circulation accroche la lumière. Puis elle éclate de rire et le met dans sa poche.

E · PLURIBUS · UNUM
LIBERTY
1891

Stephen King est l'auteur de plus de cinquante livres, tous devenus des best-sellers mondiaux. Parmi ses dernières œuvres, citons la trilogie de Bill Hodges, *Le Bazar des mauvais rêves*, *Revival*, *Docteur Sleep* et *Dôme*. Son roman *22/11/63* a été élu l'un des dix meilleurs livres de 2011 par le *New York Times*, et a gagné le Prix du thriller décerné par le *Los Angeles Times*. King a reçu la médaille nationale des Arts en 2014 et, en 2003, la médaille de la Fondation nationale du livre pour contribution distinguée aux lettres américaines. Il habite Bangor, dans le Maine, en compagnie de son épouse, la romancière Tabitha King.

Richard Chizmar a publié des dizaines de nouvelles, notamment dans *Ellery Queen's Mystery Magazine* et dans nombre d'éditions de *The Year's 25 Finest Crime and Mystery Stories*, une anthologie rééditant les meilleures nouvelles policières de chaque année. En matière de prix, il a remporté deux *World Fantasy Awards*, quatre *International Horror Guild Awards*, et le *HWA's Board of Trustee's Award*. Son troisième recueil de nouvelles, *A Long December*, sorti récemment, a reçu d'excellentes critiques dans *Kirkus* et *Booklist*, et fait l'objet d'un article dans *Entertainment Weekly*. Les œuvres de Chizmar ont été traduites en de nombreuses langues à travers le monde, et il a participé à bien des congrès en tant que professeur d'écriture, conférencier, débatteur et invité d'honneur. N'hésitez pas à visiter son site : RichardChizmar.com.

Keith Minnion a vendu sa première nouvelle au *Asimov's SF Adventure Magazine* en 1979. Il en a depuis publié plus de vingt, ainsi que deux longs récits, un recueil de ses meilleures illustrations et un roman. Illustrateur professionnel depuis le début des années 1990, il a travaillé sur des œuvres d'auteurs tels que William Peter Blatty, Gene Wolfe et Neil Gaiman, et réalisé d'importants travaux graphiques pour le ministère de la Défense. Il a été instituteur, directeur de programme pour le même ministère, et officier dans l'*U.S. Navy*. Il habite actuellement la Vallée de Shenandoah, en Virginie, où il continue d'écrire ainsi que de peindre huiles et aquarelles.

PAPIER À BASE DE FIBRES CERTIFIÉES

Le Livre de Poche s'engage pour l'environnement en réduisant l'empreinte carbone de ses livres. Celle de cet exemplaire est de :
200 g éq. $CO_2$
Rendez-vous sur
www.livredepoche-durable.fr

Composition réalisée par PCA

---

Achevé d'imprimer en juin 2018, en France sur Presse Offset par
Maury Imprimeur – 45330 Malesherbes
N° d'imprimeur : 228402
Dépôt légal 1re publication : septembre 2018
LIBRAIRIE GÉNÉRALE FRANÇAISE – 21, rue du Montparnasse – 75298 Paris Cedex 06

75/8864/9